# COUP de FOUDRE par SMS

Sofie Cramer

# COUP de FOUDRE par SMS

Traduit de l'allemand
par Marie Sandes

ROMAN

Michel LAFON

Ce livre est imprimé en France par un imprimeur soucieux
de préserver l'environnement à travers des actions d'économies d'énergie,
de valorisation des déchets, d'utilisation de produits moins nocifs
pour la santé des travailleurs.



Titre original : *SMS Für Dich*
Publié pour la première fois en 2016
par © Rowohlt Verlag GmbH,
Reinbek bei Hamburg

Publié par l'intermédiaire de l'agence EDITIO DIALOG, Lille, France.
www.editio-dialog.com

et, pour la traduction française,
© Éditions Michel Lafon, 2022
118, avenue Achille-Peretti
92521 Neuilly-sur-Seine Cedex

Pour Björn

# PROLOGUE

– Bonjour, ma Mine ! Envie de croissants ?

Les yeux fermés, Clara respire voluptueusement la bonne odeur de café. Elle s'étire avec délice sous sa couette et s'abandonne à la sensation de bien-être qui l'envahit. C'est sûrement le week-end ! Sans quoi Ben ne se serait sûrement pas déjà levé pour préparer le petit déjeuner. Il faut dire qu'ils se sont couchés drôlement tard. Il devait être près de quatre heures quand ils sont rentrés de leur restaurant italien préféré, après avoir absorbé deux bouteilles de rosé et beaucoup trop de cet amaretto que Beppo leur fait boire à chacune de leurs visites. Si bien qu'arrivé en bas de l'escalier Ben l'a soulevée comme un fétu pour la porter au deuxième étage, parce qu'elle ne tenait plus sur ses jambes après sa danse improvisée sur le chemin du retour.

Doucement il pose le plateau et s'assied près d'elle. Ses lèvres courent tendrement sur son visage.

– Pour être franc, j'aurais envie de tout autre chose, lui chuchote-t-il.

Clara émerge peu à peu du sommeil. Elle sent la barbe naissante de Ben sur son décolleté. Sa bouche qui glisse lentement sur sa fine chemise.

Elle adore être réveillée comme ça. Sentir le corps musclé de Ben tout contre le sien lui donne un sentiment de parfaite sécurité.

Mais voilà qu'il est tout léger. Et qu'elle sent à peine son odeur familière. Quelque chose n'est pas comme d'habitude, aujourd'hui.

Dans une sorte d'état second, Clara ouvre un œil timide. Et, d'un coup, elle est réveillée.

Perdue, étrangère, précipitée dans un présent qu'elle ne reconnaît pas.

L'atroce réalité s'impose brutalement : Ben n'est pas là.

Ben ne sera plus jamais là.

Elle a dû rêver. Ça faisait longtemps que Clara n'avait pas rêvé. Depuis deux mois et cinq jours, elle n'a pas souri non plus - bien qu'elle s'y soit efforcée régulièrement. Entre autres pour couper court aux épuisantes tirades maternelles censées la réconforter. Si elle redevenait la Clara d'avant, sa mère se déciderait peut-être à la laisser un peu tranquille.

Livrée à elle-même...

Exactement. C'est ainsi qu'elle se sent depuis que son bien-aimé Ben a fait une chute mortelle d'un balcon, un jour de janvier.

Livrée à elle-même - et seule. Seule avec toutes ces pensées qui la poursuivent telle une ombre géante. Surtout la nuit. Elle est constamment arrachée à un sommeil agité, sans rêves. Et entre le sommeil et le réveil, elle n'a qu'une brève seconde de répit, où elle redevient celle qu'elle était avant.

Avant la mort de Ben, Clara était une femme sûre d'elle. Moins romantique et moins sentimentale que la majorité de ses amies. C'est justement ce côté rationnel et cette force qui avaient fasciné Ben. Leurs visions du monde étaient très différentes mais, ensemble, elles composaient un tableau parfaitement harmonieux qui les rassurait l'un et l'autre.

Quand, par hasard, ils se heurtaient, ils se réconciliaient très vite, surmontaient leur amour-propre en émettant une ou deux remarques conciliantes, puis esquissaient quelques gestes familiers qui brisaient la glace. Ça se terminait généralement par une poursuite échevelée dans leur confortable deux-pièces jusqu'à ce que Clara s'effondre, épuisée, dans les bras de Ben, et pour peu qu'il se mette à la chatouiller, elle se rendait en poussant de petits cris de panique et de plaisir. Ben approchait alors sa bouche de son cou délié et l'embrassait tendrement juste sous le lobe de l'oreille en susurrant des mots tendres. C'est dans ces moments-là qu'il l'appelait à voix basse « Mine ». Le nom secret de Clara. Ses yeux verts étincelaient alors, et ils faisaient l'amour en silence.

Au bout de trois ans, ils étaient aussi proches qu'au premier jour.

Sauf la nuit où c'est arrivé. Un reproche en avait entraîné un autre, et Clara donnerait tout au monde pour avoir tenu sa langue ce soir-là.

Elle a encore dans l'oreille le son de la porte claquée, quand Ben a quitté l'appartement, fou de rage. C'était la première – et la dernière – fois qu'il partait sans dire où il allait.

Quand elle pense au soulagement qu'elle a éprouvé à se retrouver enfin seule dans l'appartement pour pouvoir s'épancher auprès de son amie Katja sur l'immaturité et l'irresponsabilité de Ben malgré ses trente-deux ans...

Aujourd'hui encore la mauvaise conscience la ronge.

Elle avait bien gardé un œil sur son portable ce soir-là, en discutant avec Katja pour savoir si Ben ne méritait pas une bonne leçon et si – une fois n'est pas coutume – elle ne devait pas aller passer la nuit ailleurs. Mais il n'y avait pas eu de message de Ben. Alors qu'il lui en envoyait tout le temps d'habitude. Dès qu'il avait une pause entre deux cours à la fac, ou quand il était en tournée avec son groupe ou traînait chez son pote Carsten. Ne serait-ce que pour désamorcer tout accès de mauvaise humeur chez Clara, il envoyait quelques mots apaisants à sa Mine chérie. Ou faisait simplement sonner son portable.

Quand ils s'étaient rencontrés au Cheers, la réputation de tombeur de Ben Runge qui affolait toutes les beautés de Lüneburg l'avait rendue sceptique. Mais Ben s'était efforcé de lui montrer qu'elle seule comptait, notamment par ces petits messages. Et chaque fois qu'il pensait à elle, il faisait brièvement sonner son portable, une petite preuve d'amour en quelque sorte.

Depuis cette nuit atroce, le portable de Clara reste désespérément silencieux.

Ben ne donne plus signe de vie.

Il est muet à jamais.

# Clara

Clara est nerveuse. La trêve prend officiellement fin tout à l'heure. C'est aujourd'hui son premier jour de travail depuis les obsèques de Ben.

Le médecin lui a bien proposé de prolonger son congé d'une semaine, mais Clara a besoin d'une structure, d'un quotidien auquel se raccrocher. Elle ne supporte plus de rester éveillée des nuits entières et de s'attarder au lit le matin sans que ça la repose vraiment. C'est un peu comme si elle se desséchait sur place. D'ailleurs, si sa mère ne l'avait pas forcée dès le début à faire un tour avec elle tous les après-midi, elle n'aurait probablement pas mis le nez dehors depuis deux mois.

La première fois qu'elle est sortie seule - pour se réapprovisionner en briques de soupe -, elle a eu l'horrible impression que son chagrin se lisait sur son visage. La caissière n'a même pas réussi à la regarder dans les yeux. Et Clara a eu envie de hurler : « Oui, mon petit ami est mort et personne ne sait pourquoi ! »

Heureusement, le monde extérieur lui envoie parfois des signes plus réconfortants - qui lui redonnent courage, ou au moins qui n'aggravent pas sa peine. Son boss, Niklas, par exemple, l'a appelée chaque semaine pour prendre de ses nouvelles et lui assurer qu'elle n'avait pas à se faire de souci pour son poste. Sa collègue Antje, qui a pris le relais, ne lui disputera jamais le titre de meilleure graphiste de l'agence.

Clara sait pertinemment que le secteur de la publicité n'enthousiasme guère sa collègue. Antje ne comprend absolument pas pourquoi Clara s'investit tellement dans sa vie professionnelle. Et, ces derniers temps, Clara se répète amèrement qu'elle aurait mieux fait de rentrer passer ses soirées avec Ben à la maison ou de sortir avec lui, au lieu de rester jusqu'à pas d'heure au bureau. Mais voilà, Clara a toujours mis un point d'honneur à rendre un travail impeccable et à soumettre aux clients au moins deux propositions parfaitement abouties. Bien sûr, elle était aux anges quand le client optait pour le projet qu'elle préférait. Mais elle savourait généralement sa victoire en silence, veillant à ne pas se reposer sur ses lauriers.

*Au fond, je suis une solitaire,* se dit Clara. *Quand je travaille à un projet, je ne supporte pas d'être dérangée. Je suis comme plongée dans un état second.* Un état qui lui semble désormais hors de portée, la réalité lui barrant impitoyablement l'accès à ce bel univers de création.

Mais, elle l'espère, le travail va lui faire du bien. Le bureau va l'obliger à prendre sur elle. Il va l'empêcher de se demander à longueur de journée ce qui s'est passé dans la tête de Ben cette nuit-là et comment elle va bien pouvoir vivre sans lui. Clara n'a toujours pas découvert la vérité. Et dès qu'elle passe quelques minutes sans penser à Ben et à sa mort, elle est assaillie par la mauvaise conscience.

C'est ainsi qu'elle a pris congé de sa grand-mère Lisbeth le week-end dernier, alors qu'elles étaient en pleine promenade au parc thermal de Lüneburg, pour courir chez elle regarder des photos. Elle était soudain prise d'une peur panique d'oublier les traits de Ben, il lui fallait absolument raviver son souvenir de lui qu'elle pensait tout à coup susceptible de s'effacer. Arrivée à l'appartement avec un point de côté, elle s'est précipitée sur l'étagère pour attraper les albums photo, les a ouverts fébrilement et s'est mise à étaler par terre les clichés les plus réussis.

Devrait-elle poser une photo de Ben sur son bureau ? Une de ces photos où il affiche son sourire complice et qui fixerait à jamais un peu de son charme ? Comment réagiraient ses collègues qu'elle va revoir aujourd'hui pour la première fois depuis les obsèques ?

Mais elle est fatiguée de cette impression déroutante de susciter la gêne. Elle n'a aucune envie d'embarrasser inutilement les gens.

Le plus pénible, ce ne sont pas les phrases contraintes par lesquelles ils lui expriment leurs condoléances. Le plus pénible, ce sont les mots qu'ils ne disent pas : tous ces non-dits sont carrément humiliants.

Elle pense à la voisine de sa mère qui a sauté de sa chaise pour déguerpir sans un mot le jour où Clara a débarqué à l'improviste dans la cuisine.

Mais à l'agence elle est attendue, ils savent qu'elle reprend le travail aujourd'hui. *Pourvu que ça se passe bien !* prie Clara en poussant la porte vitrée de l'immeuble de la zone industrielle de Lüneburg. Elle est venue tôt exprès pour se réaccoutumer un peu à son bureau avant d'être happée par les mille et une tâches du quotidien.

En sortant de l'ascenseur, elle n'en mène pas large, d'autant plus qu'aujourd'hui l'entrée est d'un calme inquiétant. Même Viola, qui assure l'accueil, n'est pas encore là.

Et Clara s'étonne que la porte de son propre bureau soit également fermée. Son cerveau serait-il fatigué au point qu'elle ait pris le dimanche pour le lundi ?

Pourtant, le coupé tape-à-l'œil de Niklas était garé devant l'entrée de l'immeuble. Au moins le boss est arrivé. Sa porte étant fermée aussi, Clara ira lui dire bonjour un peu plus tard.

– Bienvenue, Clara !

À peine a-t-elle enclenché la poignée de la porte de son bureau que la phrase fuse de tous côtés.

L'équipe de l'agence au grand complet est rassemblée autour de sa table, les yeux brillants d'excitation. Sur son Mac est fixée une banderole qui porte l'inscription « Bienvenue Clara ! » Et sur sa table trône un grand vase rempli de fleurs printanières.

Avant que Clara puisse articuler un mot, Niklas prend la parole :

– Notre surprise matinale a réussi, à ce que je vois ! Bonjour, Clara ! (Il s'éclaircit la gorge et interroge les autres du regard, un peu gêné.) Bon, eh bien, euh, on est super contents de t'avoir à nouveau avec nous. Mais je te connais assez pour savoir que tu n'aimes pas être le centre de l'attention, je ne vais donc pas me lancer dans un long discours. Je tenais juste à te souhaiter du fond du cœur un bon retour parmi nous ! Et maintenant, les amis, au travail !

Suivent des applaudissements discrets, avant que tout le monde se disperse. Seule reste Antje, qui prend Clara dans ses bras et l'étreint brièvement. Clara est émue aux larmes.

– Merci, souffle-t-elle.

Antje ouvre de grands yeux.

– Je ne vois vraiment pas de quoi !

Clara hausse les épaules et sourit. Son premier sourire depuis des semaines.

# SVEN

*Si seulement j'étais resté au lit !* Dans le S-Bahn bondé, Sven regrette de s'être levé tôt car l'haleine de son vis-à-vis répand une telle odeur d'ail que ça lui gâche la dégustation de son cappuccino. Ce qui l'irrite encore plus que la puanteur que ce gros bonhomme exhale dans l'air déjà vicié en discutant bruyamment avec un de ses collègues, c'est de ne toujours pas avoir pris le temps de réparer son vélo depuis au moins dix semaines. En fait, il n'a aucune excuse, tout au plus quelques maigres explications. Trop d'alcool, trop d'aventures sans lendemain, manque de stimulations...

Pourtant, Sven s'est toujours considéré comme un petit veinard. Mais depuis environ trois ans, tout ne roule plus aussi bien qu'avant. En tant que rédacteur pour un magazine économique, il jouit d'une grande reconnaissance dans son milieu - mais il faut bien admettre qu'il n'impressionne plus personne avec ses interviews de grands chefs d'entreprise. Pas même lui. Lors des conférences de rédaction, il laisse régulièrement ses pensées vagabonder au lieu de bluffer les deux rédacteurs en chef ou ses collègues avec des propositions de thèmes ou des commentaires pointus et brillants.

Qu'est-ce qui lui est arrivé ?

Au début de ses études d'économie, il débordait d'enthousiasme et d'idées. Il était politiquement actif, avait beaucoup d'amis et faisait du sport tous les jours tout simplement parce qu'il aimait faire de l'exercice au grand air, au port – de bonne heure, quand la plupart des habitants d'Altona paressaient encore dans leur lit.

Sa léthargie a-t-elle un rapport avec sa rupture avec Fiona ? Sven refuse d'y voir un lien. Parce que, alors, il devrait admettre qu'il est démuni face à ses problèmes. Il préfère se dire que ce n'était pas son grand amour. Mais cela a beau faire longtemps, il a toujours clairement à l'esprit l'image de Fiona adossée à sa Mini Cooper, dans les bras d'un inconnu en train de l'embrasser langoureusement.

C'est peut-être aussi sa colère contre lui-même qui l'empêche de clore le chapitre une fois pour toutes. Car il continue à s'en vouloir de ne pas avoir eu le cran, à ce moment-là, de balancer son vélo et de foncer vers eux pour les séparer. Il aurait dû montrer clairement à qui appartenait Fiona.

Mais peut-être qu'il avait déjà tout gâché avant. Fiona avait probablement raison avec ses perpétuelles critiques, il ne lui montrait jamais à quel point elle comptait pour lui. Sa collègue Hilke s'efforçait toujours de lui faire comprendre que ce sinistre inconnu n'était pas la raison, mais simplement l'élément déclencheur qui avait poussé Fiona à le tromper.

Sven aime bien Hilke et lui fait confiance – même s'il ne lui fera jamais le plaisir de le lui avouer. Elle est un peu la sœur qu'il n'a pas eue. Et elle ne l'a jamais déçu depuis toutes les années qu'ils travaillent ensemble. Blessé, oui, mais jamais volontairement, parce que, avec sa franchise presque naïve, elle ne peut s'empêcher de le vexer par ses déclarations sans détour. Elle a le don de toujours mettre le doigt là où ça fait mal.

– Tu es de mauvais poil parce que ta vie sexuelle est pourrie, a-t-elle envoyé à Sven lundi dernier, depuis son bureau, alors qu'il jurait en lisant ses mails. Si tu passes encore ton week-end avec ta stupide guilde sur Internet, je ne t'aime plus !

Sven n'avait pu s'empêcher de sourire. Hilke était gênée d'avoir osé lui dire ça. Cette fois, elle était allée trop loin, elle le savait. Pas parce qu'elle avait abordé directement sa plus grande faiblesse, le jeu vidéo *World of Warcraft*. Mais plutôt à cause de sa familiarité. Sven s'était éclairci la voix et empressé de marmonner que, de toute façon, il n'aurait pas le temps samedi prochain car il devait retourner voir son père.

Ne serait-ce que pour aller lui rendre visite, il serait judicieux de réparer enfin son vélo ou au moins de l'emmener dans un garage, pense maintenant Sven en se réfugiant encore plus derrière son journal dont, par ailleurs, le contenu ne l'intéresse guère.

Bien qu'il fasse déjà assez doux pour le mois de mars, il porte encore ses vieux gants de cuir marron – pour éviter de toucher des endroits que d'autres ont touchés avant lui. Cette cohue dans les transports en commun le dégoûte. En descendant du S-Bahn, il décide de jeter son café refroidi.

Chaque lundi matin lui fait prendre conscience, semaine après semaine, du vide de son existence. Lorsque Hilke le saluera, enjouée, et lui demandera comment s'est passé son week-end, il va devoir trouver quelque chose pour faire oublier qu'une fois de plus il n'a rien fait de ce qu'il avait prévu. Il ne s'est pas occupé du changement de vitesse cassé de son vélo, n'est pas allé courir ni boire une bière au bistrot avec son copain Bernd. Il n'a pas non plus contacté son père (il ne sait tout simplement pas de quoi lui parler).

Sven se dirige vers le magazine tout en inspirant et expirant profondément, plusieurs fois de suite, comme s'il pouvait à nouveau extirper de son corps l'air que dégagent les autres habitués. *Il faut que ça change*, pense Sven. *Je veux me sentir à nouveau vivant.* Mais il n'a absolument aucune idée de comment s'y prendre.

# CLARA

Le soir, une fois couchée, en repensant à cette première journée de travail, Clara réalise que Niklas a été bien inspiré ce matin-là. Son accueil chaleureux a complètement dédramatisé cette reprise qu'elle redoutait. La perspective de voir les collègues défiler un à un dans son bureau, la mine abattue, la terrorisait.

Elle ne peut s'empêcher de sourire. Combien de fois a-t-elle suggéré avec douceur à son boss qu'il n'était pas très créatif et que son meilleur atout était son incroyable force de conviction auprès des clients ? Eh bien, n'empêche qu'aujourd'hui il a eu une idée de génie !

Elle passe en revue les impressions familières et pourtant nouvelles de cette journée et sent une bonne fatigue l'envahir : pour la première fois depuis longtemps, elle ne craint pas de s'abandonner au sommeil. Mais elle éprouve le besoin irrépressible de parler encore à quelqu'un. Il est trop tard pour appeler sa grand-mère. Et si elle appelle Katja, elles vont se mettre à papoter pendant des heures, comme toujours.

Avant, c'est à Ben qu'elle se confiait. Qu'est-ce que ce serait bien de pouvoir lui raconter sa journée ! Lui dire combien elle a senti aujourd'hui que l'agence avait besoin d'elle. Et qu'elle a un briefing demain matin au sujet d'un projet super important. Une très bonne chose, qui ressemble à un début de normalité.

Sans réfléchir davantage, Clara attrape son téléphone, se redresse dans son lit et, les doigts tremblants, le cœur battant, tape un SMS à Ben.

**Mon chéri, où peux-tu bien être ? Comment vas-tu ? Tu me manques atrocement, à chaque seconde, mais aujourd'hui j'ai pu recommencer à rire. Je t'aime. Mine**

Elle avale une gorgée de tisane aux fruits, esquisse un sourire et clique sur « Envoyer ».

# SVEN

Quelle gifle !

Sven reste pétrifié devant son article sur la dernière étude de l'Institut allemand pour la recherche économique que son rédacteur en chef a balancé sur son bureau sans un mot, mais en haussant les sourcils, l'air perplexe.

Il est habitué à ce que ses textes nécessitent peu de corrections. Comme il s'en tient la plupart du temps aux accords conclus lors du comité de rédaction, le contenu de son article est généralement approuvé sans qu'il ait à trop le reprendre. Mais là, à l'évidence, il va devoir tout recommencer, même si la rédaction est bouclée depuis longtemps.

« Un point de vue tout à fait intéressant. Mais hors sujet ! » avait annoté Walter Breiding après avoir barré d'une grande diagonale les six pages du manuscrit.

Cela n'était jamais arrivé à Sven auparavant ! Dans aucun des magazines pour lesquels il a travaillé, que ce soit à Hanovre ou à Londres. Mais avant même d'aller se plaindre de Breiding à Hilke, il réalise que cette fois il a vraiment merdé.

Il y a aussi peu d'âme dans son article que dans la liste de ses objectifs de vie qu'il avait commencée la veille chez lui devant une bouteille de barolo. Hilke lui avait conseillé de mettre par écrit ses objectifs concrets pour les prochaines années. Elle ne jure que par cette méthode. Mais Sven n'avait guère avancé et était retourné à son article.

Et maintenant, il doit bien admettre que, faute de recherches approfondies, il a simplement dénaturé le thème central de son article au profit de ses propres arguments. Malheureusement, c'est si flagrant que Breiding n'a pu s'empêcher de lui balancer son texte en pleine figure.

– Laisse-moi deviner, ça manque de piquant ? demande Hilke en souriant.

Hilke a cité cette remarque typique de Breiding sans même lever les yeux de son écran.

– Non, répond Sven, effondré. Je pense qu'il manque plus le plat principal.

– Fais voir !

Hilke parcourt le texte et ajoute, compatissante :

– On dirait que tu vas y passer la nuit. Tu as besoin d'aide ?

– Si je ne trouve rien d'intelligent avant minuit, je t'appelle, répond Sven en faisant la moue.

– Bonne idée, Martin va être ravi ! rétorque Hilke avec ironie.

– Ne t'inquiète pas. Je ne veux pas mettre ton couple en danger.

– Oh, il n'y a pas de risque, tu sais, dit Hilke, presque un peu fière.

- Oui, et je me demande vraiment comment ça marche après toutes ces années...

Sven ne veut pas avoir l'air envieux, mais il se pose vraiment la question.

- La formule magique, c'est l'amour. A-M-O-U-R. Mais toi, tu ne sais pas ce que c'est.

Hilke n'a sûrement pas voulu le blesser, mais Sven ressent un léger pincement au cœur. Il préfère ne rien dire.

- Et si tu as aussi une urgence amoureuse, n'hésite pas à appeler. Sinon, on se voit demain.

- Oui, merci. Passez une bonne soirée.

o | o

Il est déjà plus de minuit et Sven est toujours assis devant son ordinateur. Si la femme de ménage n'était pas venue entre-temps, il n'aurait probablement pas bougé d'un pouce. Mais elle s'est contentée de passer l'aspirateur autour de lui et de vider sans bruit sa corbeille à papier.

Sur son écran, rien de neuf. Sven ne ressent tout simplement aucune motivation pour revenir au texte. Au lieu de cela, il pivote sa chaise face à la HafenCity, qui est toujours en chantier, et laisse ses pensées vagabonder. Il ressent une tension dans la nuque. Au-dessus de ses omoplates, une douleur se fait sentir, supportable mais toujours désagréablement présente.

Dehors, la nuit est tombée, et le visage sérieux de Sven se reflète dans la vitre de la fenêtre. Sven se demande si ce qu'il voit lui plaît. Il est plutôt satisfait de son corps

– même si sa forme physique n'est pas au top en ce moment. Mais concernant son visage, il n'a pas vraiment d'avis. Il le trouve moyen, ni particulièrement repoussant, ni particulièrement attirant. Jusqu'à présent, ses petites amies ont surtout aimé ses yeux. Il les tient de sa mère. Elle avait soi-disant ces mêmes yeux bleu pâle. Elle est morte quand Sven avait quatre ans et il se demande ce qu'il a encore hérité d'elle.

Fiona a toujours dit que ses yeux brillaient comme le bleu azur d'un husky, une teinte d'une beauté presque inquiétante, mais tellement séduisante. Elle trouvait son regard sexy. Généralement il ne lui montrait pas que ce compliment le flattait.

Mais là, Sven trouve son regard plutôt terne ; il a l'impression d'être face à un visage sans vie. Ses cheveux se sont clairsemés. Et à quarante-deux ans, pour la première fois de sa vie, il se sent vieux. Sven se demande si une femme, voire une famille, y changerait quelque chose. Mais il se reprend vite, il ne va pas se laisser aller à des pensées romantiques qui, tôt ou tard, s'avéreraient décevantes de toute façon.

Dans sa vie, il n'y a pas eu jusqu'à présent d'amour durable. Et il n'y en aura pas, Sven en est convaincu. Avec Fiona, il avait pu s'imaginer un avenir commun. Mais le jour serait sûrement venu où toutes les belles facettes de l'état amoureux auraient disparu, lentement mais sûrement. Les gens ne sont pas faits pour passer toute leur vie avec une seule et même personne. Bien que les films et les livres kitsch suggèrent inlassablement le contraire.

Au moment où Sven décide de terminer la liste de ses objectifs de vie, son téléphone portable émet un signal sonore. Il fouille dans sa poche pour voir qui lui envoie un SMS si tard. C'est sûrement Hilke qui veut l'encourager avant d'aller se coucher avec son mari, pense Sven, et il les envie.

Mais en lisant le message, il réalise tout de suite qu'il ne lui est absolument pas destiné. De toute évidence, une irrémédiable romantique s'est trompée de numéro. Mais Sven comprend le message : celui qui est amoureux devient bête. Et celui qui ne l'est pas est blasé.

# CLARA

– Un signe !

– Quoi ? bafouille Katja, légèrement agacée à l'autre bout de la ligne. Reprends lentement, d'accord ? Je comprends que dalle, j'suis pas très réveillée !

Clara a jeté un vieux sweat sur ses épaules et est allée se recroqueviller sur la banquette de la cuisine, jambes repliées pour éviter à ses pieds nus le contact du carrelage froid. Elle est encore complètement retournée et se dit que Katja risque bien d'appeler le SAMU fissa – ou simplement de lui rire au nez.

– Bon alors, reprends du début, ma chérie. Tu respires un coup et tu me redis lentement ce qui s'est passé, OK ?

– Eh bien, cette saleté de plafonnier s'est éteinte ! répète Clara, que l'hystérie de sa propre voix fait sursauter. J'ai écrit un texto à Ben, et juste au moment où l'écran affichait « Envoyé », le plafonnier s'est éteint !

– Tu as fait quoi ?

– Rien ! J'ai rien fait. C'est bien le problème.

– Non, je veux dire : tu as envoyé un texto à Ben ?

Clara déglutit. Pitié, ne pas se remettre à pleurer. Pas aujourd'hui après cette si belle journée. Elle s'efforce de mettre un minimum de flegme dans sa voix.

– Oui, je sais, c'est idiot. Et c'est la première fois que je fais un truc pareil, je te jure ! Mais j'avais trop envie de lui parler. Et tac, je me retrouve dans le noir !

Mince, elle a encore haussé le ton...

– Hum, alors tu as envoyé un texto à Ben et tu t'es retrouvée dans le noir ?

– Oui.

– Et ce n'est pas toi qui as éteint, tu en es sûre ?

– Enfin, Katja, je suis un peu à côté de mes pompes, d'accord, mais je ne suis tout de même pas folle à lier.

– Hum, c'est tout de même un peu étrange, j'avoue, concède Katja.

– Je ne te le fais pas dire. J'ai paniqué et appuyé sur l'interrupteur comme une malade. Et tout à coup, ça s'est rallumé.

– Alors tout va bien, conclut Katja en bâillant dans son téléphone.

– Pas vraiment, non !

Clara lutte contre un nouvel assaut de larmes, elle n'a plus qu'un filet de voix.

– Écoute, ma chérie, tu prends ta brosse à dents et tes affaires pour demain et tu viens dormir chez moi cette nuit ! Je passe te chercher, OK ?

– Mais je dois partir aux aurores demain matin...

– Bon, alors tu essaies de dormir. Tu te prépares un chocolat chaud. Avec plein de chantilly ! Je parie que tu n'as rien avalé de la journée à part un bol de soupe.

Clara soupire. Sa grand-mère Lisbeth lui sert le même refrain. Quand elle est allée les voir, elle et Willy, ce week-end, Mamie Lisbeth a déployé des trésors d'affection pour la persuader de se nourrir ; Clara n'a plus que la peau sur les os, à l'entendre.

Il fut un temps où Clara se lamentait sur ses kilos superflus. Aujourd'hui son manque d'appétit l'inquiète elle-même.

À peine quelques semaines après l'enterrement, les rondeurs de ses hanches avaient pratiquement fondu. Depuis que Ben n'est plus là, elle se force à ingurgiter de la nourriture mais n'y trouve aucun plaisir. Si elle se rend parfois le samedi au supermarché au prétexte d'acheter des briques de soupe et du yaourt à boire, c'est surtout parce qu'elle a l'illusion que ça la rapproche un peu de Ben. Il adorait se jeter le samedi matin dans la grande foire aux courses du week-end et la forçait à l'accompagner, en lui promettant de lui acheter plein de glace *stracciatella*.

Ben se moquait royalement de ce que les gens pouvaient penser de lui. Il était capable de se mettre à jongler avec une poignée d'oranges au beau milieu du supermarché bondé ou d'entraîner Clara dans un slow langoureux devant les vitrines réfrigérées. Ça ne le gênait absolument pas de lui coller des baisers aux endroits les plus inconvenants en pleine file d'attente ou de lui pincer insolemment les fesses en lui faisant pousser des cris d'orfraie. Dès qu'il débarquait quelque part, il polarisait l'attention. À ses côtés, Clara piquait souvent un fard, mais elle était bluffée par son aisance.

Et Ben avait le don de la faire se sentir unique, irremplaçable. Même s'il forçait un peu le compliment. Quand

Clara se plaignait de ses seins trop menus ou de la banalité de ses cheveux blond cendré, il lui assurait avec une parfaite sincérité que, pour lui, elle était la huitième merveille du monde.

Alors comment s'expliquer qu'il ait pu la quitter ? S'il l'aimait autant qu'il le prétendait ? À moins qu'il ne l'ait pas quittée de son plein gré ? Que sa disparition soit tout simplement à mettre sur le compte d'un destin funeste ?

Clara sent poindre un accès de dépression. Vite, elle promet à Katja d'aller se faire une tisane calmante et raccroche.

Quel est le plus choquant finalement ? Un accident tragique qui met un point final à une jeune vie engagée dans une belle histoire, ou le sentiment d'avoir, au fond, bien peu connu la personne qui a partagé votre quotidien pendant trois ans ? Depuis combien de temps Ben allait-il peut-être très mal ?

Clara s'efforce d'écarter ce douloureux questionnement qui l'assaille régulièrement. Il est temps de commencer à affronter peu à peu sa nouvelle vie. Elle ne peut continuer à peser ainsi sur Katja et sur sa famille. Quant à ses grands-parents, ils ont bien assez de soucis comme ça.

Car l'état de son grand-père s'aggrave. Quant à Mamie Lisbeth... L'attaque cérébrale de Willy a bien évidemment entamé sa vitalité et sa joie de vivre. Car Willy passe maintenant le plus clair de son temps dans son fauteuil, derrière ses livres d'astronomie ou d'histoire, sans égard pour ses yeux qui se fatiguent rapidement.

La gorge de Clara se noue quand elle repense au goûter de la veille. Elle se revoit assise avec eux à cette table qui a largement dépassé les soixante-dix ans elle aussi, et Lisbeth si menue et en même temps si robuste, si forte, qui a conservé toute sa chaleur humaine.

Clara l'adore, bien qu'elle n'ait hérité ni de ses particularités physiques ni de sa force de caractère. Physiquement, Clara tient plutôt de son grand-père et de son père, dont elle a les yeux d'un vert intense, couleur d'émeraude. Elle est particulièrement attachée à cette famille paternelle. Peut-être parce qu'elle a perdu son père très tôt ?

Elle venait d'avoir onze ans lorsqu'on a diagnostiqué à son père un cancer du côlon, dont il est mort peu après. Tout est allé très vite, et elle désespère parfois de se rappeler sa voix, son visage ou son odeur.

Depuis lors, en revanche, ses relations avec sa mère se sont tendues. C'est tellement plus facile de parler de tout avec Mamie Lisbeth.

- Allez, ma chérie, ressers-toi, lui a intimé sa grand-mère en lui tendant le pot de crème fouettée.

- Mais ton gâteau est très bon comme ça, Mamie, a objecté Clara, tout en sachant qu'en l'occurrence toute résistance était vaine.

Elle n'avait pas terminé sa part - en prêtant l'oreille aux nouvelles des voisins et au débat suscité par la privatisation des poubelles dédiées au papier - que Willy avait déjà regagné sa place dans le séjour.

- Comment va-t-il en ce moment ? a demandé Clara en reprenant une part de gâteau.

- Il essaie de faire aller. Mais ses tours à vélo lui manquent beaucoup.

D'habitude, Lisbeth esquivait le sujet en souriant, mais ce dimanche, elle a dit en baissant les yeux :

– J'ai peur que, bientôt, il n'ait plus envie de rien.

– Comment ça ? (Le cœur de Clara battait plus vite, tout à coup.) Qu'est-ce qui s'est passé ?

– Il ne s'est rien passé. Mais il parle si peu, ces dernières semaines. Et depuis quelque temps son sommeil est de nouveau très agité.

– Comment ça, « agité » ? Tu crois qu'il pourrait avoir eu une nouvelle attaque ?

– Non, on s'en serait rendu compte. Et il va régulièrement chez le médecin. C'est juste que... (Lisbeth hésitait.) Je crois que c'est le moral qui ne va pas.

– Mais, Mamie, ça n'a rien d'étonnant ! Le printemps arrive, et il ne peut plus s'activer dehors comme avant.

– Bien sûr. Mais j'ai l'impression que ce n'est pas tout.

– Qu'est-ce qui te fait dire ça ?

– Je le sens.

– Mais qu'est-ce que tu sens exactement ?

– Je ne sais pas comment dire. Que ça ne va pas, c'est tout.

Clara en avait la gorge serrée. Elle n'osait pas insister davantage, mais elle avait l'impression que sa grand-mère lui cachait quelque chose.

– Ah, ma chérie, a soupiré Lisbeth, il a l'air un peu rustaud parfois, mais il est tellement sensible au fond, et vulnérable. Il souffre énormément de... de tout ce qui a changé, pas seulement pour lui...

– Tu veux dire... depuis que Ben n'est plus là... a compris Clara pensivement.

Elle était stupéfaite. Jamais elle n'aurait pensé que son grand-père puisse autant souffrir de l'évènement tragique qui la frappait, elle.

– Tu le connais. Il se fait toujours des idées, a ajouté Lisbeth en commençant à débarrasser la table.

Et, lentement, les yeux de Clara se sont dessillés. Il ne s'agissait peut-être pas que de Willy ; se pouvait-il que Lisbeth, elle aussi, soit dévastée par tous ces soucis ? Elle a bien quelques vieilles amies auxquelles se confier, et un autre fils. Mais il habite du côté de Francfort avec sa famille et vient rarement à Lüneburg.

Lisbeth lui tendait maintenant une boîte en plastique remplie de parts de gâteau.

– Mais je pensais que... a commencé Clara en baissant la tête pour ne pas voir le visage préoccupé de sa grand-mère.

Lisbeth lui a pris affectueusement la main.

– Willy t'aime tellement, ma chérie. Il ne parle pas beaucoup, mais il sait combien tout ça t'affecte.

Oubliant ses résolutions de fermeté, Clara fond en larmes en se repassant la scène. Elle ne sait plus si elle pleure à cause de Ben ou à cause de ses grands-parents. Elle ne peut s'empêcher de céder au chagrin et s'abandonne au désespoir. Cela fait des semaines qu'elle n'a plus eu ce genre de crise de larmes. Elle se sent à la fois coupable et maltraitée, comme trahie par la vie.

Dans de pareils moments, elle sombre dans un abîme de tristesse sans fond, et l'idée l'effleure parfois de tirer sa révérence aussi lâchement que Ben l'a peut-être fait. Elle s'endormirait tout simplement à bout de larmes et de cachets, ce qui réglerait la question. Sauf qu'elle sait pertinemment qu'un tel geste ajouterait encore au malheur de ses proches, et sa conscience la rappelle vite à l'ordre.

Que feraient ses grands-parents et sa mère sans elle ? Et Katja ? Et Bea, son amie d'enfance ? Jamais elles ne lui pardonneraient de ne pas leur avoir confié sa détresse. Quant à Willy, il en perdrait sûrement le peu de joie de vivre qui lui reste encore.

Depuis la mort de Ben, Clara se sent comme dans une cage de verre. Sa famille, ses amis, ses collègues font corps autour d'elle, toujours disponibles. Mais elle ne parvient pas à les atteindre. Quand elle leur parle, pas un ne comprend vraiment ce qu'elle veut dire. Elle sent confusément qu'un jour ou l'autre même les êtres qui la chérissent ne seront plus en mesure de supporter tout ce dont elle doit constamment se délester. Insidieusement, la solitude la gagne. Et penser à Ben ne fait que l'éloigner un peu plus de tout ce qui, avant, lui était si proche.

C'est seulement une fois recouchée qu'elle recouvre peu à peu son calme. Sa seule consolation est la perspective d'écrire un nouveau message à Ben.

**Je pense à toi sans arrêt. Si tu vas bien, fais-moi encore un signe. Mais qui ne me fasse pas aussi peur ! Je t'aime. Mine**

Bien qu'elle se sente assez bizarre et que ça lui fasse même un peu peur, elle décide de faire de ces messages un rituel quotidien, une de ces habitudes qui vous deviennent chères. À partir de maintenant, elle expédiera chaque jour un SMS dans l'au-delà.

Le lendemain, en haussant les sourcils et d'une voix théâtrale, Sven déclame les lignes suivantes :

**Bonjour, chéri ! Est-ce que, de là-haut, tu peux faire quelque chose pour mon grand-père ? Plus personne n'a le cœur à rire, et aujourd'hui tu me manques particulièrement. Mine**

Sven veut faire suivre sa lecture d'un rire indigné pour bien faire comprendre à Hilke qu'il trouve le contenu du SMS absolument ridicule. Mais il ne peut pas rire, parce que la réaction de Hilke l'agace.

– C'est bouleversant. On dirait la prière d'un enfant désespéré, dit cette dernière très sérieusement. Fais voir ! ajoute-t-elle rapidement sur un ton qui équivaut à un ordre.

Sven lui passe son iPhone de mauvaise grâce ; il est tout neuf et ne présente encore aucune rayure ni trace de doigt.

– Et où sont les deux autres ? demande-t-elle. Je veux les lire, tout de suite !

Alors Sven se met à rire. À rire de Hilke. Parce qu'elle réagit comme s'il venait de lui annoncer une audience spontanée avec le pape ou la résurrection d'Elvis.

- Qu'est-ce qu'il y a ? demande-t-elle, vexée.

- Oh, rien, réplique Sven en secouant la tête, amusé.

- Tu as déjà répondu ?

- Non. Pourquoi ?

- Ah, les hommes ! dit Hilke en levant les yeux au ciel. Tu pourrais au moins faire en sorte que l'expéditrice ne se donne pas tout ce mal pour rien. Cette Mine ne peut pas savoir que ses messages n'arrivent pas au bon destinataire !

Sven est soudain embarrassé.

Mais Hilke insiste :

- Les SMS atterrissent chez un monstre glacial, qui est en plus malveillant et n'a pas de cœur pour un petit enfant. Un enfant qui a visiblement un gros chagrin parce que son grand-père est malade !

Tout d'un coup, Sven a mauvaise conscience. Il se demande vraiment s'il n'est pas un sale type qui n'a que la technologie et les filles en tête.

Choqué, il se sort cette idée de la tête et rétorque :

- Tout d'abord, un enfant n'appellerait personne « chéri » et ne s'exprimerait pas de cette manière. Et puis, s'il s'agissait d'un enfant psychologiquement dérangé, ce qui est assez invraisemblable, ce serait certainement plus malin, sur le plan pédagogique, de ne pas le priver de l'illusion de l'existence de Dieu ou de n'importe quelle autre figure divine. On pourrait donc dire que je lui rends service !

Le téléphone de Hilke sonne et elle jette un dernier coup d'œil réprobateur à Sven avant de répondre.

Sven affiche son sourire suffisant de vainqueur et retourne à son texte sur la criminalité économique et les délits d'initiés à la Bourse.

Néanmoins, ses pensées reviennent sur cette curieuse histoire de SMS. Il devrait peut-être essayer d'en faire un roman policier, un de ces jours.

Il laisse libre cours à son imagination tout en se concentrant sur son écran pour que Hilke ne l'interrompe pas avec un de ses commentaires virulents.

Le thriller porterait sur une affaire de meurtre dans le milieu snob de la HafenCity. Une arnaque d'assurance impliquant des pots-de-vin de plusieurs millions. Un employé le découvre et fait chanter le méchant grand boss. La situation dégénère et il l'étrangle dans le parking souterrain avant de le jeter dans l'Elbe, ignorant qu'un garçon de neuf ans a assisté à la scène. Mais, par peur, le garçon ne veut rien dire à personne. Ne sachant pas quoi faire, il cherche dans l'annuaire le numéro d'un détective privé. Comme il craint qu'on retrouve trop facilement l'auteur d'un appel téléphonique ou d'une lettre manuscrite, il préfère informer le détective sur le meurtrier par SMS. Il vole le téléphone portable d'un voisin et envoie un message qui va mettre les enquêteurs sur la bonne piste et leur permettre de résoudre l'affaire...

Sven ne peut s'empêcher de sourire à cette idée qu'il trouve tout à fait originale.

Hilke a dû l'observer attentivement, car elle lui balance aussitôt son commentaire :

- Tu viens de découvrir ton côté humain ?
- Très drôle.

– C'est vrai, ce serait vraiment trop drôle s'il s'avérait que toi aussi, tu as un cœur, mon cher Svenni.

– Arrête de m'appeler « Svenni » ! répond Sven, énervé.

– OK, Svenni.

Ils éclatent tous les deux de rire. Finalement Sven propose à sa collègue d'aller déjeuner avec lui.

# Clara

Au bout de sa première semaine de travail, Clara se réjouit d'avoir deux jours de liberté. Sans toutefois bien savoir ce qu'elle va en faire. À part son rendez-vous du dimanche avec Dorothea, la sœur de Ben, son planning du week-end est désespérément vide. Katja est dans la nature, en déplacement quelque part, et, une fois de plus, Clara envie l'indépendance de ces architectes d'intérieur qui ne sont pas assujettis à des horaires fixes dans des bureaux. Certes Katja doit parfois faire quelques sessions de nuit, en particulier quand un client souhaite modifier tout un projet sur un coup de tête, mais elle ne s'en plaint jamais ; elle semble avoir réellement trouvé sa vocation. Au demeurant, son travail lui importe généralement plus que ses histoires de mecs qui, eux, défilent à toute vitesse.

Katja presse régulièrement Clara de commencer enfin à chercher un nouveau job. Elle pense qu'elle se fait exploiter et qu'elle est rémunérée très au-dessous de ses compétences.

Il est vrai que, l'été dernier, l'agence a sérieusement battu de l'aile. Après avoir été lâché par un gros client, Niklas a dû licencier quatre collaborateurs, dont deux graphistes. Ça s'est traduit pour Clara par un nombre surhumain d'heures supplémentaires, le tout pour un salaire mensuel que Katja gagne en l'espace d'une semaine.

Mais Clara se sent responsable de la bonne marche de l'agence, surtout quand les temps sont durs. Elle apprécie Niklas ainsi que la majorité de ses collègues. Sans compter que, les agences de pub n'étant pas légion dans leur petite ville, elle serait obligée de chercher du travail ailleurs. Faire cinquante kilomètres par jour pour gagner Hambourg avec cette circulation démente. Combien de fois s'est-elle querellée avec Ben à ce sujet ?

Globalement ils s'étaient toujours très bien entendus, et leur vie commune passait pour harmonieuse. Sauf quand ils abordaient les sujets tabous de l'argent et de la responsabilité, là, le conflit était programmé.

Évidemment, en ce qui concerne la carrière de Clara, Katja et Ben ne manquaient pas d'arguments. Encore que Ben ait eu beau jeu de critiquer, lui qui payait une infime partie du loyer et vivait au jour le jour dans une parfaite insouciance !

Et de toute manière, en admettant qu'elle se décide, Clara n'aurait pas démissionné avant d'avoir quelque chose de solide en vue. Et puis un poste à Hambourg aurait induit des dépenses supplémentaires, de trajet par exemple.

Un argument mesquin qui ne convainquait personne. Ben et Katja soupçonnaient tout bonnement Clara de se complaire dans sa position de graphiste star de la boîte et d'adorer se sentir irremplaçable. À les en croire, c'est pour ça qu'elle se laissait exploiter.

À l'issue de ces discussions, Clara se sentait souvent très seule - et incomprise, surtout de Ben. Il semblait parfaitement incapable de saisir ne serait-ce qu'une infime partie de la problématique. Dans leur relation, c'était tout simplement Clara qui, depuis le début, parlait la voix de la raison.

Ben, qui étudiait depuis des années, gagnait parfois quelques sous en chantant au sein de son groupe Chillys. Mais depuis qu'ils se connaissaient, il n'avait pas avancé d'un pas dans le projet qu'il prétendait nourrir pour leur avenir commun.

C'est encore Clara qui avait pris l'initiative de chercher leur appartement. Elle était lasse de voir son studio envahi par Ben le plus clair du temps. Quand ses parents avaient divorcé, Ben était encore au lycée et il avait alors quitté la maison et enchaîné les colocations. Le cannabis et l'alcool faisaient - entre autres drogues - plus ou moins partie de son quotidien. Clara ne tenant pas vraiment à en savoir plus, ils étaient convenus que Ben continuerait à faire la fête avec ses copains « un peu douteux » au goût de Clara, mais à raison de deux soirs par semaine maximum.

Les deux premières années, le contrat avait fonctionné étonnamment bien. Certes ils se querellaient de temps en temps, Clara reprochant à Ben de ne penser qu'à s'amuser, et Ben exhortant Clara à « se laisser un peu aller ». Mais la vitalité de Ben était contagieuse et elle réussissait fréquemment à entamer la rigidité qui corsetait Clara. Par exemple en venant l'enlever au bureau pour un pique-nique improvisé pendant la pause de midi.

Lors de son dernier anniversaire, ils avaient pourtant eu un conflit assez sérieux. Pour ses trente ans, Clara souhaitait faire un voyage. Elle voulait échapper à quelque idée farfelue ou quelque pesant repas de fête organisé par sa mère. D'où son désir de partir quelques jours. Mais Ben lui avait fait comprendre qu'il n'en avait pas les moyens. Quand elle avait objecté qu'elle paierait tout, bien évidemment, il avait décliné sa proposition. Il avait trop de fierté pour se faire entretenir par Clara en plus du quotidien. Et il avait aussi trop de fierté pour accepter l'aide financière de ses parents. Aussi, Clara avait fini par renoncer à son projet de voyage.

Jamais à court de fantaisie et bravant insolemment les conventions, il n'en parvenait pas moins toujours à faire diversion. Cette fois-là aussi il avait réussi à faire de son anniversaire un événement exceptionnel.

Quand elle était rentrée de l'agence, la veille au soir du grand jour, Ben l'avait attrapée dès la porte, lui avait collé un sac de voyage dans les mains et l'avait fait monter en voiture. Il lui avait bandé les yeux avec un foulard, avait mis à fond un CD du groupe Wir sind Helden et roulé une demi-heure avant de la prier de descendre. Il l'avait prise dans ses bras, avait gravi quelques marches avec elle, lui avait ôté ses chaussures et l'avait déposée pieds nus... sur du sable fin tout chaud. Clara avait rouvert les yeux et les avait écarquillés, ébahie : elle n'était pas sur une plage de la Baltique ou de quelque station balnéaire, mais bien au beau milieu de leur séjour - dont le sol tendu d'une toile était recouvert de sable. Et avant d'avoir complètement saisi que Ben avait, pour ses beaux yeux, transporté les vacances à la maison, elle entendait Knut et Michi des Chillys entonner sur leur guitare la mélodie d'une chanson que Ben avait composée pour l'occasion. Inspirée de leur album préféré, *The Dark Side of the Moon*, de Pink Floyd, elle parlait du désir :

*Whenever I watch the moon*
*I wish to come back as soon*
*As possible to kiss your lovely smile*
*Being with you a very sweet while,*
*Clara my heart, Clara my light,*
*Your beauty is shining bright – all over the moon.*

Le refrain était excessivement kitsch, mais l'attention et le concert d'applaudissements qui éclata dans la cuisine où se cachaient leurs invités surprises lui causent encore un frisson de plaisir quand elle y repense. Ce fut la plus fantastique des soirées d'anniversaire. Même Bea était sortie de sa réserve pour confier à Clara combien elle l'enviait d'avoir un compagnon aussi imaginatif que bon chanteur.

En repensant à cette soirée, Clara ne peut s'empêcher de rire et de pleurer tout à la fois. Sa souffrance s'estompera un peu chaque mois, elle le sait, mais elle ne reverra jamais plus Ben... Et comment a-t-elle pu se sentir si proche d'un être qui, visiblement, ne s'était jamais vraiment ouvert à elle ? Se pouvait-il que Ben ait tout simplement fui dans la drogue et la musique ? Qu'elle ne se soit pas rendu compte du peu d'estime qu'il se portait à lui-même et à son propre talent ? Était-il rongé par la mauvaise conscience de jouer les hédonistes et les bons vivants, alors qu'en réalité il avait l'impression d'être un loser ?

C'est du moins ce que Carsten avait dit à Clara.

Elle sent un mélange de colère et d'angoisse l'envahir en pensant à Carsten. Elle n'avait rien contre le meilleur ami de Ben, mais cette amitié ne leur réussissait pas.

C'est avec Carsten que Ben perdait son temps à traîner. Avec lui qu'il passait des soirées entières à se droguer. Comme pendant ce dernier soir. Sauf qu'au moment décisif Carsten n'avait pas été là. Il était mal, avait-il prétendu. C'est en tout cas la version qui figurait dans le rapport d'enquête de la police judiciaire. Mal d'avoir trop bu, mal d'avoir trop fumé.

Apparemment il avait disparu plus d'une demi-heure dans la salle de bains, alors que Ben était dehors sur le balcon. Nul ne sait si Ben, dans un accès de témérité dû à l'alcool, s'était follement perché sur la balustrade, ou s'il avait saisi cette occasion pour en finir après l'atroce dispute avec Clara.

Carsten, quant à lui, ne tenait pas cette chute fatale du quatrième étage pour un accident.

Les premiers jours qui avaient suivi la mort de Ben, Clara avait repoussé catégoriquement l'idée d'un suicide. Même dans les nuits où elle se remémorait certaines scènes avec Ben, les pièces du puzzle refusaient de s'assembler.

Ce n'est qu'après d'innombrables entretiens éreintants avec Mme Ferdinand, sa psychologue, qu'elle s'était progressivement risquée à pénétrer dans le monde de Ben. Et que, peu à peu, elle avait accepté d'envisager qu'il ait pu souffrir d'un trouble de la personnalité réprimé ou dissimulé pendant des années. Mais elle avait beau en apprendre à chaque séance un peu plus sur les pathologies psychiques et tenter de plaquer ces connaissances nouvelles sur la vie de Ben, sa mort prématurée n'en restait pas moins pour elle un scandale absolu.

Le Ben qu'elle aimait, cet homme jeune avec ses rêves et ses désirs, ses talents et ses faiblesses, était mort beaucoup trop tôt, de manière totalement absurde. Il n'avait pas laissé de lettre d'adieu ; de lui ne restaient à Clara, à sa famille et à ses amis que des souvenirs, des photos et ses chansons.

Pour la première fois depuis longtemps, Clara ose aller ouvrir son secrétaire et y prendre le CD que Ben avait gravé et lui avait offert ce jour-là. Elle saisit d'une main tremblante la pochette qu'elle avait illustrée aux feutres de couleur la nuit de l'anniversaire. Une lune argentée qui rayonne dans un univers sombre. *The dark face of the moon*.

En retournant la pochette, elle sursaute violemment. Au dos du carton apparaissent quelques lignes de cette écriture qui lui est très familière :

*Pour Mine, mon artiste préférée. Ben*

# SVEN

Sven est allongé sur son canapé, les mains croisées derrière la tête, et regarde le plafond. C'est samedi soir, il y a à la télé une émission de casting qui ne l'intéresse pas vraiment.

Il attend un autre de ces mystérieux SMS. Ces petits messages l'occupent désormais plus qu'il ne veut l'admettre. Il se demande sans cesse de qui ils peuvent bien provenir et si ce n'est pas, finalement, bien à lui qu'ils sont adressés. Peut-être que quelqu'un parmi ses connaissances veut le faire marcher. Il s'agit peut-être d'un ancien collègue ou d'une personne de son groupe de tai-chi, qu'il n'a pas fréquenté depuis des mois.

Curieusement, l'étrange expéditeur l'a contacté hier soir avec les mots « Merci pour ton message ». Il est possible que le message soit parvenu au bon destinataire, mais qu'en raison d'une erreur technique une copie lui ait également été envoyée, à lui.

Sven décide de faire des recherches dès le lundi matin au bureau pour savoir si une telle chose est théoriquement possible et, surtout, s'il est possible d'apprendre auprès de l'opérateur de téléphonie mobile qui est l'expéditeur, bien que celui-ci souhaite évidemment rester anonyme et ne figure dans aucun annuaire.

Sven pourrait, bien sûr, simplement appeler le numéro et demander poliment qu'on cesse de lui envoyer des SMS. Mais d'une certaine manière, quelque chose l'en empêche. Peut-être qu'il est juste curieux.

En fait, Sven se considère comme une personne discrète qui ne se mêle que de ce qui le concerne. Il en va différemment, bien sûr, des recherches qu'il doit effectuer pour des raisons professionnelles. Peut-être y a-t-il en chacun de nous une envie d'informations secrètes, pense Sven en se versant un verre de vin. Et tous les journalistes ne se valent pas.

En fin de compte, il est fier de pouvoir travailler pour un magazine d'informations de renommée internationale. La semaine dernière, les choses se sont beaucoup mieux passées pour lui. Même Breiding, contrairement à son arrogance habituelle, a fait l'éloge de son entretien avec le nouveau conseiller spécial pour le sport au service du développement et de la paix aux Nations unies.

Après quelques verres de Rotspon dont son père lui a fait cadeau, Sven prend à nouveau son téléphone portable ; il est déjà dix heures et demie. Il est surpris qu'il n'y ait toujours pas de SMS aujourd'hui. Il regarde son écran, incrédule. Rien. Presque déçu, il va dans la salle de bains.

Au moment où il attrape sa brosse à dents, le signal sonore qui indique qu'il a reçu un message retentit. Il s'arrête immédiatement et se précipite sur son portable.

Il a enregistré l'expéditeur inconnu sous le nom de « Noname ». Noname écrit :

> **Me suis enfin remise à peindre – juste pour toi : Dark Side of the Moon !**
> **Avec amour et gratitude, bises, ta Mine**

Sven ne peut s'empêcher de sourire. Le disque de Pink Floyd est l'un des plus vieux de sa collection. Il se dirige vers la longue étagère blanche du salon où il range tous ses vinyles et ses CD triés par ordre alphabétique. Il sort le disque de sa pochette qu'il contemple, amusé ; elle lui est si familière et lui évoque immédiatement son adolescence. Les premières boums, les caves lambrissées, ses copains de l'époque, son premier amour… Il était sorti avec Michaela pendant plus de deux ans. Elle ne voulait pas faire l'amour, mais Sven garde un bon souvenir de cette époque. Un jour, son père l'a surpris après l'école en train d'essayer de dégrafer tant bien que mal le soutien-gorge de Michaela. La situation la plus embarrassante qu'il ait jamais connue. Aujourd'hui, il est lui-même nettement plus âgé que son père à l'époque, même si ce dernier lui semblait être alors beaucoup plus adulte.

Sven examine attentivement le disque des deux côtés. Il se sentirait peut-être plus mûr si sa mère n'était pas morte si jeune ? Un spécialiste pourrait certainement confirmer cette thèse de psychologie de comptoir.

*Mais jusqu'à présent je me suis bien débrouillé dans la vie sans l'aide de professionnels*, pense Sven, *même si Hilke aimerait me persuader du contraire.*

Il met le disque sur la platine. Cela fait des années qu'il ne s'en est pas servi, et son design contraste fortement avec les amplis haute-fidélité et la stéréo B&O de Sven. Curieux de voir si elle marche encore, il pose le saphir sur le quatrième morceau, « Time ». Immédiatement, la musique retentit avec une qualité sonore qui le surprend. Sven monte un peu le son, se verse le reste de la bouteille de vin et boit une grande gorgée. Il ouvre la porte de la terrasse sur le toit et inspire profondément l'air frais. Son regard vagabonde sur les maisons d'en face. Seules quelques lumières sont encore allumées. Mais la lune brille d'un éclat inhabituel, très haut audessus de la ville.

La vie peut être si belle, pense soudain Sven. Et il se demande à quand remonte la dernière fois où il s'est senti aussi bien.

# CLARA

Clara examine fièrement la toile sur son chevalet. Elle est au beau milieu de sa cuisine, on se croirait à un atelier peinture d'école maternelle. Partout des couleurs, des pinceaux et des petits pots.

Elle s'écroule sur sa chaise, vidée de ses forces ; elle ne sent plus ses bras, engourdis à force de peindre. Depuis combien de temps ne s'était-elle pas consacrée à quelque chose avec autant de calme et de ferveur ? Elle a certes dû réaliser de temps à autre quelques petits dessins ou esquisses à l'agence, mais ça fait bien plus de deux ans qu'elle ne s'était pas attelée à un vrai tableau à l'huile, sur une toile encadrée, et de cette taille qui plus est. Pourquoi avoir arrêté si longtemps ? Se réfugier dans le monde fascinant des couleurs et des formes lui fait un tel bien ! Il n'y a là aucune place pour le ressassement, et elle perd toute notion d'espace et de temps.

Au cours des derniers mois avec Ben, elle n'en avait tout simplement pas eu le temps. Il avait d'abord fallu aménager leur nouvel appartement dont la rénovation l'avait occupée pendant des semaines. Il ne lui était pas resté une minute pour peindre autre chose que des murs. Ensuite elle n'avait eu ni le temps ni l'espace de s'adonner à ses activités de prédilection du temps où elle était célibataire. Plus d'une centaine d'esquisses, d'aquarelles, de gouaches et de gravures s'étaient accumulées dans la nouvelle cave sans qu'elle y ait plus jamais jeté un œil.

Quand elle revient à sa chaise de cuisine après s'être servi une limonade dans le frigo, son téléphone émet un bip dans l'entrée. Elle hésite une seconde à regarder qui lui envoie un texto à cette heure tardive et ne peut se retenir de sourire d'elle-même en pensant que c'est peut-être Ben. Si ce n'est pas lui, ce ne peut être que Katja.

Elle se secoue et va chercher son téléphone. Effectivement, c'est Katja :

**Pas encore couchée ? :)**

Clara l'appelle aussitôt.

– Tu es où ?

– En route vers ton appart, si tu es d'accord.

– Évidemment ! Mais je te croyais quelque part dans le Sud.

– D'abord Kassel, c'est tout de même pas la Bavière, et puis mon affaire s'est avérée désastreuse.

– J'ouvre du prosecco.

– Et un paquet de mouchoirs, s'il te plaît. J'arrive dans cinq minutes.

Avant que Clara puisse demander des explications, Katja a raccroché.

Clara relègue le tableau et son chevalet dans le débarras, va jeter sa chemise de peinture dans la baignoire et se récure les mains à grand renfort d'essence de térébenthine et de savon. Elle ne peut s'empêcher de faire un large sourire quasiment heureux dans la glace, tant elle est contente de sa journée et de la visite impromptue de sa meilleure amie.

Elle s'apprête à regagner la cuisine quand retentit la sonnette de la porte d'entrée.

– Salut, Bella ! halète Katja après son petit sprint dans l'escalier en étreignant Clara un brin trop fébrilement, comme toujours.

Clara n'a pas le temps de dire ouf que l'impulsive Katja s'est déjà lovée sur son canapé.

– Il faut que je t'avoue quelque chose, mais pas de reproches, promis ? crie Katja vers la cuisine où Clara est allée chercher le prosecco, deux verres et un paquet de chips.

– Quel suspense !

– Bon alors, je me confesse : 1) je n'étais pas à Kassel pour le boulot, 2) je suis amoureuse, 3) ce salopard est marié !

De saisissement, Clara a failli lâcher la bouteille. Avant qu'elle puisse répondre, Katja poursuit :

– Je ne t'avais rien dit parce que je... euh, je ne savais pas si ça n'allait pas te rendre super triste que je te le dise.

– Que tu me dises quoi ? demande Clara, piquée.

– Ben, que je suis si heureuse d'avoir rencontré Robert. Enfin, que je l'étais !

– Une chose après l'autre, s'il te plaît. D'abord je te signale que tu peux tout me raconter. Je vis toujours sur cette planète, je ne suis pas devenue une créature éthérée incapable d'écouter sa copine...

- OK, mais...

- Qui plus est, l'interrompt Clara d'une voix un peu radoucie, ça me fait plutôt plaisir de constater que le monde, au moins en partie, tourne à peu près rond.

- Oui, enfin, en l'occurrence il pourrait tourner plus rond, dit Katja, sérieuse tout à coup, en vidant son verre d'un trait.

- Alors, raconte-moi tout. Je veux les détails. Et ne t'avise pas de me traiter comme si j'étais en sucre !

Il faut une bonne demi-heure à Katja pour vider son sac. Elle est aussi excitée que si elles ne s'étaient pas parlé depuis un mois. Elle a gardé trop longtemps pour elle cette aventure passionnante. Ça avait donc commencé très tranquillement avec ce Robert, comme d'ailleurs avec tous les hommes de Katja - qu'elle largue sans états d'âme après une brève phase d'amour fou quand ils commencent à devenir fatigants. Katja n'a vraiment été amoureuse qu'une seule fois. À dix-sept ans, d'un prof bien trop vieux pour elle. Et voici que cela l'a reprise. Clara a du mal à la suivre dans la forêt de détails dont elle truffe son récit, lesquels semblent tous revêtir une importance cruciale.

Robert mesure un mètre quatre-vingt-sept, et il est, au dire de Katja, plutôt svelte. Zéro gramme de graisse, passe une partie de sa vie au sport, une autre au bureau comme « investisseur dans je ne sais quoi » et le reste avec sa femme - ce qu'il s'était bien gardé de révéler à Katja jusqu'à il y a cinq heures.

Katja est folle de rage. À la deuxième bouteille de prosecco, elle explose :

- Il est tout ce qu'il y a de marié, ce salaud !

Visiblement, sa femme, tout comme Katja, est tombée des nues. Elle était censée passer le week-end chez ses parents en Frise-Orientale, et Robert en a profité pour inviter Katja à Kassel, au domicile conjugal. Jusque-là ils s'étaient vus chez Katja à Lüneburg ou dans des hôtels à Hambourg quand il pouvait prétexter des déplacements professionnels.

– Imagine-toi que cet enfoiré a commencé à frimer avec sa baraque, et que je devais la lui relooker et ainsi de suite. Comme si j'allais en faire un palais !

Katja bafouille un peu maintenant, sa voix part dans les aigus.

Clara se demande si la fureur de Katja en est à son paroxysme et va bientôt céder la place à la phase de larmes. Elle prend le parti d'écouter sans commenter, en attendant de savoir si le « salaud » sera toujours aussi salaud demain, au réveil de Katja...

Katja soupire et fixe longuement Clara d'un œil un peu vitreux.

– Mais, dis voir, tu es maigre comme un clou. Ça commence à m'inquiéter sérieusement. Avant, ce paquet de chips, tu n'en aurais fait qu'une bouchée.

Elle en prend une poignée et se la fourre voluptueusement dans la bouche. Puis sa mine s'assombrit.

– Beurk, tu les as depuis combien de temps ?

– Euh, environ deux mois... (Clara baisse les yeux et complète avec un pauvre sourire :) Le chagrin coupe la faim...

– Mais pas la soif. Tchin !

Katja pouffe en expulsant un nuage de chips sur le canapé.

– Le chagrin, le régime miracle des malheureuses en amour : Clara Sommerfeld et Katja Albers. Ligne haricot vert garantie en huit semaines, pour preuve notre jeune femme témoin Clara Sommerfeld !

Clara ne peut s'empêcher d'éclater d'un rire qui lui fait du bien.

– Mais sérieusement, dit enfin Katja en reprenant pourtant des chips, il va falloir qu'on te remplume.

– Rien ne presse, réplique Clara en remplissant leurs deux verres. L'urgence, là, c'est toi. Tu vas faire quoi ?

– Le laisser moisir un peu, pour commencer.

– Saine réaction, pas question de laisser passer son plan macho.

– Inflexible je serai !

– Tu penses que ça va le pousser à quitter sa femme ?

– Aucune idée. Mais avant ce coup bas, c'était top. Tu devrais t'y mettre, toi aussi, tester un site.

– Exactement : « Veuve éplorée cherche laissé-pour-compte de sexe masculin pour meubler sa solitude. »

– N'importe quoi ! La plupart des couples se rencontrent sur des sites aujourd'hui. Il n'y a pas que les pervers et les incasables !

– Mais visiblement une flopée de salopards mariés, disposés à mener une double vie !

– Ouais... Et il a fallu que ça tombe sur moi ! (Katja baisse les yeux en bâillant à gorge déployée.) C'est peut-être un juste retour des choses. Vu le nombre de mecs que j'ai menés en bateau, moi aussi. Il doit y avoir là-haut un type épris de justice qui s'est mis en tête de les venger...

Elle se tait soudain et fixe Clara en esquissant une moue un peu dépitée.

– Et ton Dieu vengeur, pourquoi il s'en est pris à moi ? J'ai fait quoi, moi, pour mériter ça ? demande Clara, non sans amertume.

– Ah, ma chérie, penser que je viens pleurer dans ton giron pour un minuscule chagrin d'amour, alors que toi, tu as un vrai chagrin...

– Stop ! On ne se lance pas dans le comparatif des chagrins. On va se les coltiner ensemble, nos chagrins ! Ce Robert, c'est peut-être l'homme de ta vie après tout.

– S'il se montre un peu plus couillu à l'avenir, qui sait ? réplique Katja en riant.

Puis elle désigne la file de petits pots et les pinceaux qui s'alignent sur le rebord interne de la fenêtre.

– Mais dis donc, qu'est-ce que c'est que ça ? Ne me dis pas que tu t'es remise à peindre ?

– Ben si, j'ai commencé une grande toile hier, répond Clara avec un sourire de fierté un peu embarrassé. Je te montrerai quand ce sera terminé.

o | o

Le lendemain, Clara va sonner, un peu fébrile, chez la sœur de Ben. Elle a refoulé toute la semaine la pensée de ce rendez-vous, mais elle n'aurait décommandé Dorothea sous aucun prétexte. Elle se sent responsable de « Theo », comme l'appelait tendrement Ben. Et elle sait que, deux mois après la mort de Ben, Dorothea ne va pas bien non plus. Même si elle fait preuve d'une sacrée maturité pour ses vingt-cinq ans et s'efforce de prendre sur elle pour ménager Clara quand elles se voient.

Elles sont convenues de se faire toutes les deux un après-midi sympa. Et comme il fait un temps superbe ce dimanche, Clara a l'idée d'une petite excursion à Hambourg. Là-bas au moins, elles ne risquent pas de tomber à chaque coin de rue sur quelque chose qui leur rappelle Ben.

Car c'est tout juste si, certains jours, Lüneburg ne lui fait pas l'effet d'être un terrain miné. Dans leur café attitré, chez Beppo, au cinéma, au parc thermal, dans les boutiques, et même dans les sentiers les plus reculés de la forêt communale de Wilschenbruch, les souvenirs la guettent. Tels des chasseurs embusqués, ils tirent leurs petites flèches empoisonnées qui lui vont droit au cœur et lui font parfois si mal qu'elle en a le souffle coupé. Ce sont des moments où elle aimerait se voir propulsée à une autre époque. Cinq ans plus tard, par exemple. Dans cinq ans elle réagira sans doute un peu plus normalement, même si rien ne sera jamais plus comme avant et qu'une normalité sans Ben lui semble actuellement impensable.

Et si Katja avait raison ? Elle devrait peut-être essayer de rencontrer d'autres hommes. En fin de compte, qui sait s'ils se seraient mariés comme ils se l'étaient promis, Ben et elle ? Si Ben s'est réellement suicidé, il l'a tout bonnement quittée sans un mot d'adieu. Le Ben qu'elle connaissait, le Ben qu'elle aimait aurait-il vraiment pu faire ça ?

Clara se souvient d'une émission qu'ils avaient regardée ensemble un soir, il y a à peu près un an. Il s'agissait de personnes qui étaient parties de chez elles comme ça, en douce. Des gens qui quittent sans crier gare leur famille et leurs amis et dont certains partent vivre à l'étranger ; ignorant ce qui leur est arrivé, leurs proches se font un sang d'encre. Une femme dont le fils avait ainsi disparu du jour au lendemain expliquait que l'incertitude qui vous étreint alors jour et nuit est encore plus douloureuse que le chagrin qu'on éprouve à enterrer un être aimé. Chaque jour elle espérait le retour de son fils et se repassait en boucle les épisodes de leur vie en cherchant des indices susceptibles d'expliquer sa disparition ; c'était affreusement exténuant.

Clara se fige devant la maison où Dorothea habite avec son père et repense à la dernière fois qu'elle les a vus. Le jour des obsèques de Ben n'a d'ailleurs pas été la pire journée de sa vie. Il y avait une foule de gens à la messe et à la réception qui a suivi. Certes l'atmosphère était tout imprégnée de la musique de Ben qu'elle avait choisie avec les Chillys et Katja, mais Clara n'a pratiquement pas eu le temps de se recueillir. Et elle était d'un calme sidérant, que sa mère attribua bien évidemment à l'effet conjugué de sa thérapie Reiki et de ses petits comprimés. Car les jours précédents, Clara avait tout accepté : la piqûre calmante de l'urgentiste après l'interrogatoire de la police judiciaire qui l'avait informée de l'horrible nouvelle et interrogée sur une éventuelle lettre d'adieu et les circonstances de « l'accident », le somnifère et les gouttes pour la nuit et, dans la foulée, les traitements Reiki de sa mère, convaincue de pouvoir vaincre la souffrance psychique par la seule imposition des mains.

Mais sa mère l'horripile avec ses délires ésotériques. Combien de fois se sont-elles querellées à ce sujet ? La mère de Clara, qui bosse comme commerciale dans un bureau, est depuis des années persuadée d'avoir une vocation cachée de thérapeute. Qu'elle commence par se soigner elle et son exaltation perpétuelle, se dit Clara qui résiste tant bien que mal aux discours maternels sur le « faire un avec l'énergie, l'univers », ou Dieu sait quoi. En l'occurrence ça fait belle lurette que Clara a renoncé à la suivre. Ce qui ne l'empêche pas d'aimer sa mère. Mais d'une tout autre manière que ses grands-parents ou même son père.

Sa mère et elle sont tout simplement aux antipodes l'une de l'autre. Karine est une femme qui a du tempérament et qui parle beaucoup. Clara, elle, se voit plutôt comme une fille calme, voire introvertie. Karine a des opinions bien arrêtées sur tout et en fait très généreusement part, alors que Clara se dévoile peu, ce qui lui vaut parfois le reproche d'être calculatrice ou de manquer de spontanéité. Même le physique de sa mère, sa façon de s'habiller et d'arranger son appartement lui sont étrangers ; elle en arrive parfois à se demander si elle n'aurait pas été adoptée.

D'un autre côté, Clara sait parfaitement que sa mère lui veut du bien et se fait du souci pour elle. D'ailleurs ses conseils bien intentionnés ne sont pas toujours inutiles. Sans compter que, pour toutes les formalités à régler après le drame, sa mère et bien sûr Katja l'ont épaulée sans défaillir. Alors que les parents de Ben, littéralement assommés, étaient incapables de se ressaisir et de tromper leur peine en se jetant par exemple dans l'organisation des obsèques comme le font souvent les proches après un décès. Karine s'était donc occupée de tout, c'est même elle qui avait trié les quelques affaires de Ben dont Clara avait accepté de se séparer.

Leur armoire commune n'héberge plus à présent que ses effets à elle, encore qu'il y ait toujours des sacs de vêtements de Ben dans le débarras et des cartons d'affaires à lui dans le séjour. Ces « urnes », qui sont autant d'indices de la présence de Ben alors qu'il n'est pas là, suscitent en Clara un vague sentiment de malaise.

En revanche, l'anneau que Ben lui a offert en la demandant en mariage ne quitte pas son doigt, bien qu'elle ne porte par ailleurs guère de bijoux. Et elle a glissé dans son cercueil, avec quelques autres objets, un anneau qu'elle lui avait offert, elle, un jour, à Noël. Ce qui était parfaitement illégal.

Car, environ un mois après l'enterrement, Katja a pris son courage à deux mains et lui a soufflé cette idée folle. Parce que Clara n'avait réalisé son besoin de laisser quelque chose d'elle à Ben qu'une fois passée l'effervescence des obsèques. Elles se sont donc glissées toutes les deux jusqu'à sa tombe un soir à la nuit tombée, et devant la pierre tombale qu'on venait de poser, elles ont creusé un trou d'environ trente centimètres de profondeur pour y enterrer une boîte. Elle contenait une longue lettre d'adieu qu'avait rédigée Clara sur le conseil de Mme Ferdinand, et donc cet anneau que les pompes funèbres lui avaient remis dans une enveloppe, avec la montre de Ben, son portefeuille et son téléphone. Clara y a aussi déposé le téléphone, témoin de leur relation et de tant de petites preuves d'amour.

La montre, Clara l'a gardée pour Dorothea. Peut-être aura-t-elle aujourd'hui l'occasion de la lui remettre, se dit-elle en sonnant à sa porte. Leurs rencontres précédentes étaient tellement tristes, ce geste un peu solennel les aurait chamboulées encore plus toutes les deux.

En entendant des pas à l'intérieur, elle sent poindre une vague angoisse et prie pour que le père de Ben ne soit pas à la maison. Il lui demanderait comment elle va (non sans une nuance de reproche dans les yeux), alors qu'elle se sent complètement incapable d'échanger des politesses convenues.

- Salut ! C'est cool que tu aies pu venir ! lance Dorothea en ouvrant la porte et en l'étreignant.

Ses paroles chaleureuses ont un réel accent de sincérité, l'angoisse de Clara le cède immédiatement au plaisir de la revoir.

- Moi aussi, je suis super contente. Qu'est-ce que tu dirais d'une petite virée à Hambourg ? On pourrait aller marcher au bord de l'Elbe ou faire le tour de l'Alster, propose Clara en baissant un peu la voix.

Dorothea acquiesce avec empressement et prend sa veste. En silence elles se dirigent vers la vieille Peugeot de Clara. Dorothea jette un regard anxieux à la maison. S'inquiéterait-elle pour son père ? Clara sait qu'il se remet très mal de la mort de son fils. Apparemment il n'est pas au courant de leur rendez-vous.

Une fois dans la voiture, Dorothea lance de but en blanc :

- Il boit comme un trou, ça devient insupportable !

L'aveu si direct surprend Clara, ce n'est pas vraiment le genre de Dorothea.

- Tu parles de ton père ?

– Oui. Je ne sais vraiment plus comment m'y prendre. Ce n'est pas évident de faire la morale à son père.

– Tu crois qu'il accepterait de se faire aider ?

– Jamais. Il est aussi entêté que Benni, une vraie mule, réplique Dorothea sans fard, mais non sans affection.

Elles se taisent un moment, et Clara ignore pourquoi, mais ça lui fait du bien. Elle a toujours eu de la sympathie pour Dorothea, même si elles n'ont jamais eu l'occasion de développer une véritable amitié. Ce n'était pas un problème de différence d'âge, c'est juste que Clara ne souhaitait pas s'immiscer dans leurs affaires de famille et laissait Ben aller voir sa sœur seul la plupart du temps – surtout qu'il ne la voyait vraiment pas souvent.

Une demi-heure plus tard, en passant les ponts de l'Elbe, Clara ressent comme un coup à la poitrine. La dernière fois qu'elle est venue à Hambourg, c'était avec Ben, pour la pendaison de crémaillère de Lilo et Jan, leurs anciens voisins qui s'étaient installés à Altona de peur de moisir en province. Pourtant ils s'entendaient drôlement bien tous les quatre et avaient improvisé ensemble une foule de soirées barbecue, cinéma ou jeux très réussies !

Clara se secoue : voilà qu'elle s'enlise dans ses souvenirs alors que Dorothea commence à lui confier les problèmes que lui causent ses parents divorcés. Ces derniers n'échangent pratiquement plus que des reproches, la mort de Ben ne les ayant pas du tout rapprochés, bien au contraire, et Dorothea craint qu'ils ne finissent par se haïr à force de se renvoyer la responsabilité de ce qui est arrivé à leur fils.

– Peut-être que c'est ma faute à moi aussi, dit brusquement Clara en se mordant aussitôt les lèvres (quelle idée d'aller confronter Dorothea avec les doutes qui la hantent parfois obscurément !).

– Tu es complètement folle. Tu n'as pas le droit de penser ça, Clara ! (La réplique de Dorothea fuse immédiatement. De toute évidence, elle vient du cœur.) Comment peux-tu dire un truc aussi absurde ?

– Ce n'est pas impossible pourtant, insiste Clara. S'il s'est réellement... Si c'est lui qui a décidé de... partir, il y a sûrement des raisons. Peut-être que c'était trop pour lui, tout ça, que la pression était trop forte... ?

Elle évite le regard de Dorothea et fixe obstinément le feu rouge. Comme si ces craintes, qu'elle exprime pour la première fois, allaient, du coup, s'avérer fondées.

– De quelle pression tu parles ?

– Eh bien, je lui ai peut-être imposé une vie dont il n'avait pas vraiment envie. Moi, je voulais un foyer, une famille, des revenus, la sécurité, finalement. Peut-être que Ben n'était pas fait pour ça.

– Mais dans ce cas il n'avait qu'à le dire. Et s'il ne l'a pas fait, c'est bien sa faute ! D'ailleurs, parfois je suis furieuse contre lui.

– « Furieuse » ? Mais pourquoi ?

– Ben, parce qu'il m'a laissée seule avec tout ce bordel familial. D'abord il se casse de la maison, puis il disparaît pour de bon. Et aussi qu'il ait pris toute cette drogue... Ça ne te rend pas furieuse, toi ?

– Un peu. Mais en fin de compte je n'en ai pas le droit.

– Évidemment que tu en as le droit ! La colère, ça fait partie du deuil, je l'ai lu quelque part. (Dorothea lève les yeux au ciel et serre les poings. Elle bouillonne de rage.) Quand j'y pense, j'ai envie de... le tuer !

Le cœur de Clara fait un bond. La voiture aussi - qui cale.

Elles restent une seconde sous le choc de cette déclaration sans queue ni tête, échangent un regard... et éclatent de rire.

o | o

La phrase de Dorothea a, en quelque sorte, brisé la glace. Elles ont passé un excellent après-midi, songe Clara, une fois couchée, fourbue. Elle était aussi soulagée d'avoir trouvé un moment propice pour remettre la montre de Ben à Dorothea.

Elles n'avaient jamais été si bien ensemble. Bien qu'il y ait eu des moments tristes. Par exemple lorsqu'elles se sont arrêtées aux embarcadères pour contempler l'autre rive de l'Elbe ; Dorothea est devenue subitement muette. Et quand elle s'est mouchée, Clara a su qu'elle pleurait. Pas besoin de la regarder. Elle comprenait. Lentement, Dorothea s'est mise à raconter son premier Nouvel An sans les parents. Elle avait quinze ans et s'était emplie de fierté quand Ben avait annoncé qu'il l'emmenait avec lui à Hambourg. Avec les gars de son groupe de musique, ils avaient prévu de faire d'abord la fête en ville, puis de traverser l'Elbe vers minuit pour se placer près du théâtre du port d'où l'on voyait bien le grand feu d'artifice.

Pour autant que Clara ait pu en juger, Ben et sa sœur s'étaient toujours bien entendus. Mais on ne pouvait pas dire qu'ils aient passé beaucoup de temps ensemble.

Du moins c'est ainsi que Dorothea formulait les choses, et elle était infiniment triste, parce qu'elle vénérait son frère. Maintenant qu'elle se retrouvait fille unique, elle culpabilisait de s'en être manifestement mieux tirée que lui après leur enfance plombée par la mésentente des parents. Dire que Ben avait toujours l'air si fort ! Pour elle, il était comme un roc dans la tempête, le recours ultime dans les moments de crise.

Clara écoutait, pleine d'empathie, ce long monologue qui avait presque des accents d'oraison funèbre. De toute évidence elle était la seule personne avec qui Dorothea pouvait parler si ouvertement. Et elle se reprocha d'avoir si peu pris conscience du chagrin des autres à force de s'apitoyer sur elle-même.

Elle se félicite d'autant plus d'avoir avoué à Dorothea cette histoire de SMS. D'ailleurs la sœur de Ben n'a pas du tout trouvé cela inquiétant ni complètement fou ; sa réaction a même encouragé Clara à lui expliquer comment elle avait conçu l'idée bizarre d'envoyer des messages à Ben, et quel rituel apaisant c'était devenu pour elle.

Dans la foulée, elle lui a aussi confié qu'elle avait glissé après coup le téléphone de Ben dans sa tombe, sur quoi Dorothea a fait remarquer avec un sourire amusé qu'elle avait donc peut-être encore une chance de faire savoir à son frère combien elle était furieuse, mais aussi désolée de ne pas lui avoir assez dit qu'elle l'aimait.

En s'enfouissant sous sa couette jusqu'au cou, Clara ne peut réprimer un sourire à la pensée de Dorothea se mettant elle aussi à écrire des SMS à Ben et y trouvant un peu de consolation. Cette image la conforte dans l'idée qu'elle a bien fait de confier à la sœur de Ben des pensées dont elle ne fait généralement part qu'à sa grand-mère - ou à Katja, quand l'alcool les a suffisamment désinhibées. Elle a même osé évoquer les histoires paranormales qu'elle a entendues sur des proches de personnes décédées. Depuis la mort de Ben, elle repense à ce genre de choses. Après avoir perdu un être cher, certains font apparemment l'expérience d'une sorte d'énergie qui se manifeste à eux.

Clara a ainsi rapporté à Dorothea ce que sa mère lui dit avoir vécu une dizaine de jours après le décès de son père. Karine était partie en Suède par le ferry, pour tenter de prendre un peu de distance. Après avoir soigné son mari pendant des mois et affronté la déchéance progressive de son corps, il lui fallait se ressaisir, laisser derrière elle un peu de toute cette souffrance ; elle avait donc confié Clara à Lisbeth et Willy. Clara ignore encore aujourd'hui si ses parents avaient vécu ce que l'on peut appeler un « grand amour », mais elle imagine parfaitement quelle épreuve la perte de son mari a représentée pour sa mère. Elle sait qu'il y avait un lien très fort entre ses parents, et le fait que sa mère ait désormais un nouveau compagnon n'y change rien. D'autant que ce raseur de Reinhard n'arrive pas à la cheville du père de Clara.

Il faisait déjà nuit quand Karine s'était retrouvée sur le pont du ferry cette fois-là. Un de ces orages d'été spectaculaires avait éclaté au-dessus du bateau, elle était trempée jusqu'aux os et ne voyait pas à un mètre. Appuyée au bastingage, elle regardait les éclairs s'abîmer dans l'eau. Quand la foudre était tombée tout à côté d'elle, elle avait été envahie d'une sensation de bien-être total, comme si son mari était une fois encore tout proche d'elle. Aussi proche que s'il s'était insinué dans son corps à elle. Tel qu'elle décrivait cet instant, pendant quelques secondes ou même quelques minutes, elle s'était sentie merveilleusement heureuse. Son mari, ou l'énergie qui, d'une manière ou d'une autre, émanait de lui, l'avait parcourue. Ça l'avait emplie d'une joie si paisible que les mots lui manquent pour la décrire plus précisément. Mais ses yeux rayonnent quand elle évoque la sensation qu'elle a nettement éprouvée à ce moment-là. Et en dépit du malaise que ce genre de discours suscite immanquablement chez Clara, Karine ne cesse de souligner le rôle que cet événement a joué dans sa conception du monde et la découverte de la foi ; il lui a permis un adieu apaisé.

Il n'empêche que lorsque sa mère lui a resservi tout cela à la mort de Ben, Clara s'est carrément mise en colère. Inconcevable que sa mère profite de l'état de choc dans lequel elle se trouvait pour lui vendre son ésotérisme débile !

Or, ces derniers temps, Clara y repense sans cesse. Elle ne peut s'empêcher de se figurer Ben à l'affût quelque part, attendant peut-être le moment propice de se manifester. D'où la frayeur qu'elle avait ressentie lorsque la lumière s'était éteinte brusquement après son premier texto. Elle répugne cependant à en parler à sa mère, de peur que le côté inquiétant de l'histoire n'y gagne encore en réalité. Pourtant chaque jour elle espère un nouveau signe de lui, qui lui apprendrait qu'il va bien, qu'il veille sur elle, et lui dirait qu'un jour ou l'autre tout finirait par s'arranger.

Clara se sent très proche de Ben après la rencontre avec Dorothea, elle aimerait beaucoup le lui écrire, mais aujourd'hui elle décide de garder ses pensées pour elle. C'est peut-être un peu ridicule, mais, aujourd'hui, elle veut laisser la priorité à Dorothea.

# SVEN

– Je me fais engueuler, maintenant ! dit Sven en guise de salut, avec un air presque fier.

– D'abord, bonjour, lui fait observer Hilke. Breiding a encore pété un plomb ?

– Non. Un nouveau SMS. Écoute : « Je t'en veux tellement que je pourrais te tuer. » C'est mortel, non ?

– Qu'est-ce que tu as fait ? demande Hilke en souriant.

– Votre Honneur, je suis l'innocence même, explique Sven en levant les mains en l'air. J'ai même été très sage ce week-end !

– Vraiment ? Je ne te crois pas. Mais qu'est-ce que Mine a écrit d'autre ?

– La menace de mort n'était pas de Mine, elle venait d'un certain Theo.

– Fais voir !

Sven lève les yeux au ciel, cherche le message dans son téléphone et tend le portable à sa collègue.

Hilke attrape ses lunettes et lit :

**Je t'en veux tellement que je pourrais te tuer. ;-) Mais je t'adore et je prendrai soin de Clara. Je te le promets ! Bises, Theo**

– Clara, Theo, Mine – très mystérieux. On dirait qu'il y en a un qui a été infidèle et qu'un copain en veut à l'autre et que c'est pour ça qu'il s'occupe de cette Clara.

Sven prend un air blasé.

– Je ne sais pas. Ça n'a pas d'importance de toute façon. Mais si ça continue, je vais appeler le numéro et dire au gars d'arrêter de m'embêter !

– Et tu es sûr que Theo n'est pas Mine ?

– Qu'est-ce que j'en sais ? En tout cas, ce message vient d'un numéro différent.

– Et qui est Noname ? demande Hilke, à la surprise de Sven, car elle a apparemment consulté sa liste de messages.

– Donne-moi ça !

– Moi, je trouve cette histoire de plus en plus passionnante, dit Hilke en ouvrant un yaourt comme si elle s'installait pour regarder une série à la télé.

Sven range son portable et file aux toilettes. *Pourquoi est-ce que ça m'arrive à moi ?* Sven décide de passer la soirée à faire quelque chose de sensé. La semaine va encore passer à toute vitesse, pense-t-il, agacé. Les rendez-vous se succèdent. Et c'est pourquoi il décide fermement de retourner enfin au tai-chi aujourd'hui.

Cette pensée le tient éveillé pour le reste de la journée. Cependant, Sven a un peu d'appréhension car il craint, après une aussi longue absence, de ne voir dans le groupe que des visages étrangers. Son copain David sera-t-il encore là ? Il était allé dîner plusieurs fois avec ce prof de fac après l'entraînement. Mais ces derniers temps, il n'a pas contacté David non plus.

Sven n'en est que plus heureux lorsque le soir son vieux copain l'aborde et lui demande comment il va, comme si de rien n'était.

C'est exactement ce qu'il aime chez David. Son caractère tranquille, pas compliqué. Il est relax sans en faire des tonnes, juste parce que c'est sa nature. Et il est drôle, pince-sans-rire, aussi Sven l'invite-t-il à manger un morceau après l'entraînement. Ils décident de s'offrir un grand plateau de sushis et de se raconter mutuellement où ils en sont.

Sven se sent d'abord un peu mal à l'aise. Il n'a pas d'exploits à raconter. Il n'a même pas recommencé à s'entraîner pour le marathon - contrairement à ce qu'il avait annoncé, frimeur - afin de tenter à nouveau, au bout de quatre ans, de faire moins de quatre heures. Au contraire : depuis Noël, Sven a perdu la forme et pris du poids. Pas au point de ne plus rentrer dans ses vêtements, mais assez pour ne plus se sentir bien dans sa peau.

Il se montre d'autant plus ouvert en bavardant avec David que celui-ci est d'humeur joyeuse.

- Sven, je suis follement amoureux ! lance-t-il, juste après qu'ils ont commandé leurs makis.

Sven ne peut s'empêcher de soupirer et se prépare à ce qui va suivre. En fait, il déteste les histoires de rencontres amoureuses. Mais il est aussi curieux de voir comment David, le macho endurci, a pu renoncer volontairement à son indépendance pour une femme.

- Elle est juste géniale. Je n'aurais jamais pensé faire une si bonne prise ! dit fièrement David, comme s'il parlait d'un énorme brochet qu'il aurait pêché dans la mer déchaînée au péril de sa vie.

- Moi non plus, admet Sven, dont la remarque déstabilise quelque peu son interlocuteur. Je veux dire que moi non plus, je n'ai plus l'espoir de faire une belle prise !

David acquiesce, compréhensif. S'ensuit un long monologue inhabituel de la part de David sur les femmes et les hommes et sur le fait qu'il pense que tout homme peut tomber amoureux, même l'ours le plus solitaire. Il expose tous ses arguments avec des yeux brillants et un enthousiasme tellement authentique que Sven ne peut ni en rire ni y opposer quoi que ce soit d'intelligent. Sauf que tout amour finit par s'estomper. Mais David ne veut pas en entendre parler. Il ignore la remarque de manière souveraine, comme s'il ne valait pas la peine d'y répondre. À la place, il donne des détails. L'objet de son adoration s'appelle Stine, ils sont ensemble depuis deux mois maintenant et il la trouve de jour en jour plus désirable.

- Désir... s'entend soudain dire Sven, qui aimerait mieux ne pas y penser. Oui, je me souviens. C'était quoi, déjà ?...

Ce truc de « faire l'amour », comme disait Fiona. C'était bien, mais il a préféré reléguer ce souvenir au fin fond de sa mémoire.

- Eh bien, ta vie amoureuse a l'air drôlement excitante en ce moment ! commente David.

Sven se sent soudain mal à l'aise et préfère ignorer cette remarque ironique. Mais David le regarde d'un air interrogateur.

– C'est que, marmonne Sven, en ce moment, elle est au point mort.

David affiche un regard compatissant qui va droit au cœur de Sven qui s'empresse d'ajouter :

– Mais j'ai un admirateur secret ces derniers temps. Une sorte de harceleur.

– C'est quoi cette histoire ? demande David, amusé.

– Eh bien, je reçois sans arrêt des messages sur mon portable d'une personne inconnue.

– Et qu'est-ce qu'elle te veut, cette personne ?

– J'aimerais bien le savoir, répond Sven, qui lui raconte maintenant toute l'histoire des mystérieux SMS.

Mais il la raconte en modifiant légèrement certains détails qui suggèrent que Mine est une femme et qu'en plus elle s'intéresse à lui.

– Mais tu ne sais pas qui est cette Mine ? demande David, avec un tel intérêt que Sven a du mal à se tirer d'affaire.

– Non, mais je pense à plusieurs filles… invente-t-il.

– En tout cas, elle a l'air de t'avoir séduit, poursuit David, taquin. Alors pourquoi tu ne l'appelles pas pour organiser une sorte de *blind date* ?

Il a l'air de trouver son idée géniale et regarde Sven d'un air engageant.

– Hum, on verra. En fait, je n'aime pas ces jeux stupides, explique Sven, qui préfère ramener la conversation sur Stine.

Avec succès : David parle tellement de son coup de foudre quasi insupportable que Sven y repense longuement en rentrant. Rencontrer la femme de sa vie sur Internet, Sven est sceptique. Jusqu'à présent, en ligne, il n'a ébauché que des histoires superficielles, qui se terminaient soit par un « Je te rappelle ! », soit par un arrière-goût désagréable le lendemain matin dans un lit complètement étranger. Il doute de pouvoir trouver l'amour autrement qu'en direct, lorsque l'on peut regarder quelqu'un de près et voir l'effet que cela produit sur vous.

Devrait-il appeler Mine ? se demande-t-il sur son vélo en rentrant chez lui. Peut-être que le mystérieux expéditeur est en fait une femme, une super nana comme cette Stine. Sven s'interroge sur le degré d'intimité entre Mine et le destinataire réel des messages. Si celui-ci n'est pas au courant de sa chance, c'est probablement une histoire à sens unique.

Sven s'arrête à un feu rouge et regarde une publicité lumineuse pour de la bière vantée par un type élégant et content de lui. Il est assis sur un canapé, détendu, les pieds sur la table et une pils mousseuse dans la main. Au-dessus, on peut lire le slogan : « On n'a qu'une vie ! »

*C'est maintenant ou jamais*, se dit Sven, *il me faut une cabine téléphonique, tout de suite !* Mais tout en cherchant, il se sent soudain très bizarre. Car il a sur lui un portable tout neuf avec lequel on peut non seulement prendre des photos et écouter de la musique, mais aussi - qui l'eût cru ? - appeler ce maudit numéro...

Néanmoins, il veut rester anonyme.

Tout à coup, le cœur de Sven se met à battre plus fort, mais il se dit que c'est dû plus à son sprint vers la Reeperbahn qu'à l'excitation du moment, que rien ne justifie. Il se ressaisit juste avant de griller le feu rouge, s'arrête et réfléchit. Il se demande tout à la fois s'il aurait raison d'appeler ce numéro et pourquoi il en fait tout un plat. Il décide que, si aucun feu rouge ne l'arrête jusqu'à St Pauli[1], il appellera le numéro. Sinon, le message sera : « STOP ! Envoyer un SMS et supprimer le numéro ! »

Lorsque Sven bifurque dans la Reeperbahn, deux cabines téléphoniques lui sautent aux yeux sur la droite. Il ne peut s'empêcher de sourire et se demande si son subconscient se doutait qu'il trouverait là ce qu'il cherchait. Petit à petit, il prend plaisir à ces nouveaux petits jeux. Il descend de vélo et fouille dans ses poches.

– Si j'ai la monnaie, j'appelle ! marmonne-t-il, et il sourit à la vieille dame de la cabine voisine, qui le regarde d'un air un peu perplexe.

*Ça doit être étrange*, se dit-il, *de regarder un type apparemment normal qui tient dans une main le combiné du téléphone d'une cabine et dans l'autre un iPhone flambant neuf.*

Mal à l'aise, Sven regarde de nouveau autour de lui comme s'il s'apprêtait à faire chanter quelqu'un en déguisant sa voix. Alors qu'il veut juste demander poliment – il réfléchit – un certain... David. C'est ça, le nom de son copain David. Et Mine répondra : vous faites erreur, ici, ce n'est pas David. C'est Ralf, Egon, Hugo ou quelqu'un d'autre.

Sven espère, bien sûr, que ce sera une femme qui répondra, ou sinon qu'on lui donnera au moins son nom complet. Pour qu'il puisse enfin faire de vraies recherches et peut-être même trouver de nouveaux

1. St Pauli est le quartier rouge de Hambourg. *(N.d.T.)*

éléments pour son roman policier. En tout cas, il voudrait bien faire enfin avancer ses « enquêtes ».

Sven tape le numéro et attend, anxieux. Au bout d'environ cinq sonneries, une voix répond : « Vous êtes en relation avec le répondeur téléphonique du... »

Zut ! La messagerie. Il ne s'y attendait pas. Ça l'énerve. Pas tant le fait de n'entendre que cette voix électronique. Non, il s'énerve lui-même et décide d'en finir au plus vite avec tout ça.

# CLARA

Clara se love dans la couette de Ben dont elle n'a toujours pas lavé la housse et tape un texto sur son téléphone.

**Tu as eu des nouvelles de Theo ? Tu peux être fier d'elle… et de moi. Aujourd'hui j'ai terminé la toile que je voulais t'offrir. Mille baisers !**

Elle sélectionne le numéro de Ben et clique sur « Envoyer ». Ce dimanche avec Dorothea a été très agréable, mais l'envie de continuer la toile commencée la titillait secrètement. Le soir même, elle s'est remise au tableau censé représenter la *dark side of the moon*.

Elle ne pensait pas réussir à le terminer aujourd'hui. Pressée par l'envie de peindre, elle a regagné en vitesse l'appartement après le bureau. Sauté le dîner et même ignoré la sonnerie du téléphone qui tintait à ses oreilles. Puis, réalisant que ce pouvait être Katja brûlant de lui conter la suite de sa *love story*, elle s'est ruée dans l'entrée. Trop tard. La boîte vocale l'avait devancée. On n'avait pas laissé de message, était-ce un nouveau signe de Ben ? Elle ne put réprimer un sourire et se remit au travail.

Totalement captivée par sa toile, elle était dans une sorte d'état de grâce ; le pinceau courait allègrement sur la toile. Clara en oublia l'heure et sursauta en constatant brusquement qu'il était minuit passé.

Elle n'avait qu'un tableau en tête, mais en peignant l'idée lui vint d'une série sur le thème de la lune.

Qu'il serait excitant de pouvoir peut-être un jour exposer son travail quelque part ! Et qui sait, cela pourrait peut-être même lui rapporter un peu d'argent ?

Voilà un rêve que Ben aurait adoré. Tout en fixant l'obscurité, Clara le voit nettement devant elle – assis à la table de la cuisine, une jambe nonchalamment posée sur le bord de la table, en train de rouler une cigarette. « Waouh, ma Mine, dirait-il, c'est bon ce que tu as peint là, très bon, même ! » Il sauterait sur ses pieds, réexaminerait le tableau avec l'attention d'un expert en œuvres d'art doublé d'un homme d'affaires et entreprendrait de la persuader de se lancer dans une carrière de peintre.

Ben avait une faculté d'enthousiasme illimitée. Quand une idée lui passait par la tête, si irréaliste que pût être sa mise en œuvre, il la fignolait dans les moindres détails. Leurs échanges débouchaient parfois ainsi sur quelque folle projection dans l'avenir. Les sujets les plus anodins du quotidien pouvaient inspirer sa fantaisie débridée et lui faire miroiter une fulgurante carrière musicale ou quelque passionnant voyage autour du monde – pour lequel il n'avait toutefois pas le premier sou.

En repensant à sa fabuleuse capacité d'imagination, Clara a les larmes aux yeux. Si, ces derniers temps, elle ne fond plus en larmes dès qu'elle pense à Ben, elle est de plus en plus souvent minée par un sentiment de culpabilité qui la déconcerte. Mme Ferdinand l'a pourtant mise en garde dès la première séance contre les assauts d'une culpabilité qui, dit-elle, si elle n'a rien d'anormal lorsqu'on a perdu un proche, n'en reste pas moins parfaitement injustifiée ; pourtant, se dit Clara, les choses ne sont pas aussi simples.

Et si, avec tous ses désirs et sa conception de la vie, elle avait inconsciemment exercé une pression insupportable sur Ben, tellement soucieux de ne pas la décevoir ? Elle lui lançait régulièrement des piques. Qu'il termine ses études, passe son diplôme et décroche enfin un boulot digne de ce nom ! Elle ne voulait que son bien, évidemment, lui souhaitait de s'épanouir professionnellement. Mais n'y avait-il pas, là aussi, une bonne dose d'égoïsme ? Et le désir d'un mariage modèle avec un vrai mec sur qui s'appuyer, qui puisse subvenir aux besoins du foyer ? Même si elle a cruellement conscience de tout ce que cette vision des choses a de profondément réactionnaire...

Et si Ben ne l'avait demandée en mariage que pour mettre un terme à ses discours moralisateurs ?

D'ailleurs, sa déclaration avait eu cet effet. Clara était sur un petit nuage depuis ce soir de Noël où Ben lui avait demandé sa main dans les formes. Sa mère apportait le dessert à la table où ils étaient réunis avec les grands-parents et Reinhard, quand Ben s'était levé, avait fait tinter son verre avec sa cuiller et s'était éclairci la gorge. Cinq paires d'yeux intrigués s'étaient levées vers lui. Et bien qu'il eût extirpé de sa poche un mystérieux écrin, Clara ne comprenait toujours pas où il voulait en venir. Il fallut qu'il conclue son petit discours ampoulé en pliant le genou devant elle pour qu'elle saisisse enfin, juste avant d'entendre le classique : « Clara, veux-tu devenir ma femme ? »

Elle n'avait pas encore répondu que sa mère applaudissait déjà furieusement en poussant des cris de joie. Après quoi Clara put enfin émettre son « oui », et le reste de l'assistance, venir les embrasser chaleureusement.

Mais son bonheur avait été de courte durée, puisque à peine quelques semaines plus tard s'était produit l'accident, à supposer que c'en fût un, ce qu'elle ignorera peut-être toujours.

Clara fixe le vide, fait jouer sa bague sur son annulaire et éteint enfin la lumière. Il ne fait pas vraiment noir. La lune doit être pleine et la nuit, particulièrement claire. Une lueur argentée baigne la pièce, et les traits souriants de Ben se dessinent nettement sur la photo qu'elle a posée aujourd'hui sur sa table de nuit. Comme s'il voulait encourager son artiste préférée à mettre en œuvre son projet de séries sur la lune.

# SVEN

Perdu dans ses pensées, Sven fixe son écran de veille. Dès le matin, lorsqu'il est arrivé au bureau avant Hilke, il a appelé le service clientèle de la compagnie de téléphonie mobile et prétendu faire des recherches en tant que rédacteur économique. Il a parlé d'une voix sûre et énergique, de sorte que le jeune homme à l'autre bout du fil lui a répondu de façon crédible et aimable. Il était techniquement impossible que deux destinataires différents se partagent un même numéro. Et un numéro de téléphone mobile n'était réattribué que six mois après sa résiliation.

Mais cela tracassait Sven de ne pas pouvoir trouver le nom du client qui avait envoyé tous ces messages. On lui répondit qu'on ne pouvait pas faire d'exception pour les journalistes. La discrétion dans le traitement des données sensibles des clients devait être maintenue dans tous les cas.

– Pourquoi ne pas appeler le numéro et demander le nom ? demanda l'employé, super futé.

Sven se contenta de marmonner. Il se sentait comme un adolescent surpris à regarder par le trou de la serrure. Il s'empressa de remercier poliment et raccrocha.

- Bonjour ! Quelles sont les nouvelles de Mine ? demande Hilke en se précipitant à la porte, une tasse de café à la main.

Elle semble déborder de curiosité et vouloir être informée dès qu'un nouveau message arrive. Mais au lieu de lui répondre, Sven se contente de lui sourire et de répondre :

- Bonjour, ma collègue préférée !

Hilke le fixe d'un air irrité et tapote avec impatience sur la table.

- Qu'est-ce qui ne va pas ? demande Sven, hypocrite.

- Rien.

- Alors, tout va bien.

Sven est toujours souriant.

Au bout de quelques secondes de concentration feinte sur le Post-it que Breiding a laissé sur son ordinateur, Hilke explose :

- Allez, parle ! J'en ai marre de devoir toujours te tirer les vers du nez !

- Mais mon joli petit nez n'a pas de secret pour toi, affirme Sven avec suffisance, profitant de son avantage dans ce bref échange matinal.

- Si tu ne me dis pas tout de suite ce que Mine a écrit ce week-end, je ne passe plus jamais la pause de midi avec toi ! déclare Hilke en faisant mine d'avoir un atout inédit en main.

- Je m'en fiche, répond Sven, qui se voit rapidement bombardé d'un paquet de mouchoirs.

– Espèce d'enfoiré ! Va te faire foutre avec ton histoire de SMS débile ! lance Hilke, furieuse.

Sven, silencieux, savoure son triomphe.

Au bout de quelques minutes de trêve, elle revient à la charge.

– Que dois-je faire pour que tu les craches, tes fameuses infos confidentielles, monsieur le journaliste de renom ?

– Tiens, dit Sven, conciliant.

Et il pousse son iPhone vers sa collègue. Pour avoir enfin la paix.

Satisfaite, Hilke attrape le portable et ouvre à toute vitesse les messages.

Sven essaie de ne pas montrer sa nervosité. Mais il est mal à l'aise à l'idée qu'une femme fouine dans ses secrets les plus intimes du moment.

Hilke lit à haute voix :

**Chéri, y a-t-il quelque chose que tu veux me dire ? J'ai terminé la deuxième toile et j'attends un signe de ta part. Je t'aime, ta M.**

– C'est bien ce que je pensais ! Donc Noname est Mine ! Et Mine peint... c'est charmant ! Oh, et ce texte est aussi très révélateur : « Tu as eu des nouvelles de Théo ? Tu peux être très fier d'elle... » Donc Theo n'est pas un homme. Intéressant ! commente Hilke. Mine est si romantique, ce ne peut être qu'une femme !

L'espace d'un instant, Sven a l'impression que son cœur cesse de battre. Lui aussi soupçonne de plus en plus que c'est une femme qui se cache derrière Mine

– une femme dont, curieusement, les mots le touchent. Mais il ne peut pas l'avouer à Hilke. Romantique ou pas.

– Tu sais quoi ? Tout ça commence à me taper sur les nerfs. Je vais écrire un message à cette personne pour lui dire d'arrêter de me harceler.

– Non ! s'écrie Hilke. Sinon, tu n'entendras plus jamais parler d'elle.

Sven la regarde, perplexe.

– Qui sait, poursuit Hilke après une pause bien étudiée, c'est peut-être la femme de tes rêves ?

Le cœur de Sven bondit à nouveau. D'abord c'est David qui, avec ses remarques, l'incite à gaspiller son précieux temps libre avec ses fantasmes sur Mine, et maintenant Hilke s'y met à son tour.

– Parfaitement, et à la fin tout le monde s'aime, et une fois de plus, la foi de Hilke en un monde idéal triomphe, répond Sven en levant les yeux au ciel.

– Et après ? Qu'est-ce qu'il y aurait de mal à ça ? Dis donc, pour quelqu'un que Mine n'intéresse pas, tu réagis plutôt au quart de tour, réplique Hilke.

Sven se sent acculé et soupire. Mais s'il réagit trop brutalement, Hilke va penser qu'elle a vu juste. Il réfléchit un instant, puis répond presque fièrement :

– Eh bien, si tu veux en avoir le cœur net, je l'ai même appelée vendredi pour lui faire comprendre qu'elle me dérangeait.

– Quoi ? Vraiment ? demande Hilke, faussement effarée, avant d'enchaîner : Et alors ?

– Y a pas de « et alors » ! Personne n'a répondu.

– Oui, mais il n'y avait pas de répondeur ?

– Si.

- Oh, Svenni, tu me rends folle ! Raconte !
- Mais arrête de m'appeler « Svenni » !
- Allez ! C'est qui ? Comment elle s'appelle ?
- Je ne sais pas.
- Comment ça, tu ne sais pas ?
- C'était une voix électronique.
- Et alors ?
- Quoi, « et alors » ?
- Et alors ? Tu as laissé un message ?
- Non.
- Pourquoi ?
- Parce que !
- Et pourquoi tu n'as pas réessayé ?

Sven lève de nouveau les yeux au ciel.

- Fais-le, toi ! dit-il à Hilke.

Et il s'en mord aussitôt les doigts. Pourquoi a-t-il dit ça ?

- J'adorerais, rétorque Hilke qui n'en croit pas ses oreilles.
- Mais attends ! Pas avec mon portable.
- Non, t'inquiète. Je prends le mien.

Elle attrape aussitôt son téléphone et compose le numéro.

Sven, qui ne veut pas voir ça, secoue la tête, prend un dossier et sort en disant :

- Heureusement, j'ai une réunion !

À peine a-t-il parcouru quelques mètres dans le couloir qu'il s'aperçoit qu'il n'a pas pris de stylo. Il s'arrête, hésite à retourner dans son bureau car Hilke pourrait y voir un prétexte pour qu'il assouvisse sa curiosité et l'utiliser contre lui. Il voudrait bien savoir si elle a eu Mine et, surtout, comment l'inconnue a réagi. Il retourne lentement vers le bureau, mais s'arrête devant la porte fermée. Il regarde autour de lui pour s'assurer que personne ne le voit et colle son oreille pour essayer d'entendre ce que dit Hilke.

Mais il ne saisit que des bribes de phrases :

- Hum... Désolée... pas noté correctement... Oh, merci... Oui, vous aussi...

Les battements de son cœur s'accélèrent. Il se sent vraiment idiot et n'a qu'une envie, se précipiter dans le bureau. Mais il doit vraiment se rendre dans la salle de conférence maintenant et se dirige vers la cage d'escalier. Il secoue la tête à plusieurs reprises, et pas seulement à cause de sa collègue curieuse. Non, surtout à cause de lui et de son comportement stupide.

o | o

Lorsqu'il retourne enfin dans son bureau, Hilke savoure son triomphe. Après s'être fait prier quelques minutes, elle finit par lui dire à brûle-pourpoint que Mine est effectivement très féminine et qu'elle a en plus une voix chaude et sympathique.

- Bref, j'ai échangé quelques phrases avec elle et j'ai demandé à parler à un certain Sven Breiding, explique-t-elle fièrement.

Elle n'a manifestement pas eu le temps de trouver quelque chose de plus original que de combiner le nom de son collègue et celui de son patron, pense Sven. Et bien que la conversation n'ait duré que quelques secondes, Hilke lui présente immédiatement un profil complet de la personnalité de cette Mine.

- En tout cas, elle est jeune. Mais pas trop jeune ! Je dirais environ trente ans. Elle a l'air d'être éduquée, elle doit être originaire du nord de l'Allemagne. En tout cas, elle n'a pas d'accent et parle un allemand correct... Svenni, tu aurais dû l'entendre... Une voix claire, avec une touche de mélancolie, une manière de s'exprimer soignée... oui, presque élégante !

Lorsque Hilke ajoute une touche de « sensualité » et d'« érotisme » à la voix étrangère au téléphone qui a soi-disant réagi si poliment à une erreur, c'en est trop pour Sven qui secoue la tête et sort pour sa pause déjeuner.

Mais en marchant le long de l'Elbe, il se dirige malgré lui tout droit vers une cabine téléphonique. Même s'il se sent ridicule, il veut absolument savoir si Hilke a un tant soit peu raison dans ses interprétations.

Mais qu'est-ce qu'il va dire si Mine répond ? Il devrait peut-être lui faire le coup du commercial ? Ou se faire passer pour l'employé d'un centre d'appels ? Ou pour une sorte de loterie à laquelle il devrait l'encourager à jouer ? Elle pourrait même lui donner ses coordonnées s'il présente la chose de manière crédible. Comme ça, il saurait au moins exactement à qui il a affaire.

Sven s'approche de la cabine téléphonique, compose le numéro et attend que quelqu'un décroche, nerveux. Il se racle la gorge à plusieurs reprises, mais lorsqu'une voix très sympathique se fait entendre à l'autre bout du fil, il se fige.

- Oui ?

Contrairement à ce qu'il avait prévu, Sven est soudain incapable d'émettre le moindre son.

Après une courte pause, la voix demande :

- Allô ?

Et au bout de quelques secondes, une autre fois :

- Allô ? Qui est à l'appareil ?

Mais Sven ne peut toujours pas réagir. Il est sur le point de raccrocher, comme un ado prépubère, lorsque Mine demande d'une voix très douce et hésitante :

- Ben ? C'est toi... ?

Sous le choc, Sven s'empresse de raccrocher.

o | o

Sven passe le reste de la journée à essayer de mettre de l'ordre dans ses idées. Il se demande encore et encore pourquoi cette inconnue le perturbe autant. Et comme il ne trouve pas de réponse satisfaisante, il décide d'approfondir la question.

Il commence à taper les nombreux messages de Mine dans un fichier Word. Puis il imprime les trois pages et les met dans sa poche. Il a besoin de calme pour les analyser.

Il rentre chez lui en vélo, décapsule une bière, met le disque de Pink Floyd qui traîne encore à côté de sa platine et s'assied sur le canapé, les pieds sur la table basse.

*Alors, qu'est-ce que je sais vraiment de cette femme ?* se demande-t-il. *Je sais qu'elle n'a pas tellement de raisons de rire en ce moment, mais probablement un goût pour la romance. Elle a un grand-père qu'elle aime beaucoup. Elle peint des tableaux de la lune et aime danser.*

Une fois de plus, Sven lit le message qu'il a reçu le week-end dernier :

**Je veux danser, danser, danser. Tu veux venir danser ? Je t'en prie, viens danser. Je veux enfin te revoir, t'entendre, sentir ton odeur, t'embrasser et te sentir encore. Surtout te sentir...**

Sven se demande si cette femme suscite son intérêt justement parce qu'il en sait si peu d'elle. Ses textos ne sont qu'un voyage virtuel dans la vie d'une inconnue pour qui l'amour semble bien peu satisfaisant, et pourtant curieusement plein d'espoir. Ses sentiments profonds lui font une impression inébranlable. Néanmoins, Sven sent que la mélancolie qui résonne indubitablement dans tous les messages l'affecte d'une certaine manière. Il se demande si Mine n'est pas censée être une espèce de signe du destin qui lui permettrait de revoir un peu son attitude envers les femmes.

Au début de leur relation, il avait également échangé de nombreux messages avec Fiona, par SMS ou par mail. Ce n'est qu'au fil des mois qu'elle avait mis fin à cette habitude, d'autant qu'à un moment donné Sven ne savait plus quoi lui dire. Ils discutaient généralement de tout quand ils se voyaient, si bien que leurs communications dans l'intervalle lui semblaient superflues.

Sven a toujours la voix de Mine dans l'oreille. Même s'il n'a entendu aujourd'hui que quelques mots, il est sûr qu'un « je t'aime » venant de sa bouche sonnerait tout à fait autrement que de celle de Fiona. Autrement que le souvenir qu'il garde de cette phrase tellement galvaudée.

Sven boit encore une gorgée et éteint sa platine qui est depuis longtemps silencieuse. Il a un sentiment de malaise et ne sait pas vraiment pourquoi. Se sent-il vraiment seul ? Jusque-là, il ne s'était jamais posé la question.

Alors qu'il continue à parcourir ses notes, Sven remarque que le ton de Mine ces derniers jours est nettement moins empreint de tristesse et de nostalgie. Après tout, il sait maintenant qu'elle s'occupe de publicité et qu'elle semble y réussir, mais elle n'a pas l'air particulièrement heureuse. En outre, il y a dans son univers une Katja, une Karine, un Knut, un Theo, un Carsten, un grand-père et une grand-mère. Beaucoup de choses tournent autour de questions et de réflexions profondes. Mine semble regretter un homme qu'elle aime mais qu'elle ne peut pas avoir. Peut-être qu'il travaille sur une plate-forme pétrolière dans la mer du Nord, spécule Sven, ou qu'il fait des recherches au pôle Nord - après tout, Mine a souvent parlé de « là-haut » dans ses messages.

Ou peut-être que, tout simplement, le destinataire n'existe pas. Il serait mort, ou dans le coma, ou serait une sorte de fantasme. Une sorte d'homme idéal que Mine s'est forgé pour échapper à son morne quotidien, qui ne semble guère composé que de clients horripilants, de campagnes inutiles, de collègues dérangés et d'heures supplémentaires. Peut-être qu'elle a juste tapé le numéro de téléphone au hasard. Peut-être qu'elle espère vivre une aventure passionnante par ce biais, comme un petit enfant qui, tout excité, jette une bouteille avec un message à la mer.

D'un autre côté, Mine n'a pas l'air naïve ni immature. Son langage est celui d'une adulte, même un peu arrogant parfois. Mais de toute façon c'est une personne aux multiples facettes, dont certaines semblent se contredire. D'un côté, elle a l'air très déterminée, ambitieuse et terre à terre. D'un autre, Sven croit déceler en elle une femme mélancolique, romantique et d'une grande délicatesse.

À quoi peut-elle bien ressembler ? se demande-t-il en buvant une grande gorgée de bière. Il aimerait une Mine avec une forte poitrine, de longues jambes et des cheveux longs et ondulés, châtains. Un peu comme Fiona. Mais il suppose que Mine est plutôt mince et qu'elle a des traits fins dans lesquels on peut lire beaucoup de choses. Elle semble peu sûre d'elle. Plutôt le genre de fille pas très grande, peut-être même pas tellement séduisante, qu'il croiserait dans la rue sans la remarquer. Mais si on entrait par hasard en conversation avec elle, elle pourrait certainement compenser son apparence insignifiante par sa sensibilité et son intelligence.

Sven ne peut s'empêcher de sourire en pensant qu'il se fabrique lui aussi de plus en plus une sorte de femme idéale qu'il imagine plus proche de lui et plus intime que n'importe laquelle de ses aventures sans lendemain. En tout cas, Mine n'est ni agaçante ni exigeante. Elle lui offre avec ses SMS un divertissement intéressant. Et, au moins, sa voix est réelle. Donc Mine existe vraiment.

Sven n'a plus qu'à la trouver.

# CLARA

Clara se poste à regret à la fenêtre de la cuisine pour guetter l'iconique Fiat 500 dont Katja vient de faire l'acquisition.

– Je propose qu'on aille l'inaugurer ce week-end à Hambourg, mais tu te mets un peu sur ton trente et un pour changer ! lui a intimé son amie.

Ce samedi avait pourtant bien débuté. Clara a passé la matinée à écrémer les boutiques de la vieille ville de Lüneburg et à dépenser allègrement son argent. Deux jeans, un petit haut ultra chic et des sandales hors de prix, bien que soldées... qui contrastent pas mal avec son style habituel.

Elle se faisait une joie d'exhiber le soir même à Katja ses emplettes dans un cadre digne d'elles. Mais à l'heure qu'il est, elle préférerait de loin rester à la maison avec un verre de vin, de la musique, et continuer sa toile.

Sauf que si elle annule Katja une fois de plus, elle est bonne pour se chercher une nouvelle meilleure amie ! Déjà qu'elle ne l'a guère aidée le week-end dernier à se distraire de ce chagrin d'amour, très inhabituel chez elle... Toutes les tentatives de Katja d'aller oublier Robert au cinéma ou dans des bars se sont heurtées à la résistance de Clara, qui n'avait pas envie de voir du monde. La tristesse rend égoïste ! Le seul réconfort qu'elle a apporté à Katja furent des paroles d'encouragement : Robert avait tout de même affirmé s'être séparé de sa femme. Mais pour prix de sa bonne volonté, Katja ne lui a accordé que deux maigres entrevues et... s'est payé une voiture neuve.

– Elle est top, tu vas voir, un vrai bijou ! s'exclame-t-elle en invitant Clara à monter dans la petite auto bleu pâle. Toi aussi, tu devrais t'offrir un petit plaisir déraisonnable.

– C'est fait, la défie Clara en levant le pied droit pour exhiber ses nouvelles sandales.

– Waouh ! Neuves ?

– Exact. Ça faisait une éternité que je n'avais pas fait les boutiques.

– C'est un signe qui ne trompe pas, ma belle. Il est temps qu'on recommence à s'éclater un peu ensemble. Je te promets une soirée d'enfer !

– À quoi tu penses ?

– Rien de précis, susurre Katja avec un détachement qui éveille aussitôt la méfiance de Clara.

– Allez, accouche ! Tu as prévu quelque chose. On va mater un strip-teaseur à St Pauli, c'est ça ? demande Clara, histoire d'éliminer d'emblée la soirée la plus désastreuse qu'elle puisse imaginer.

Katja ne fait qu'esquisser un sourire, ce qui n'augure rien de bon. Clara insiste :

– Tu peux me dire pourquoi j'ai l'impression que tu vas me faire faire un truc que je n'ai jamais fait ?

– Parce que c'est le cas : pour la première fois de ta vie, tu vas rouler dans cette petite merveille.

Clara lui rend son sourire, finalement assez curieuse d'essayer sa Fiat. Mais il y a quelque chose dans l'air. Et elle ressent comme un vague malaise.

o | o

Clara s'en veut de ne pas profiter de ce dimanche ensoleillé, mais elle n'a pas réussi à faire quoi que ce soit de sensé de la matinée. Une sorte de léthargie la cloue sur son petit balcon à feuilleter mollement une revue qui l'indiffère au plus haut point.

Elle se rejoue en boucle le film de la soirée de la veille. Comment Katja a-t-elle pu lui faire ça ? À l'évidence ses intentions étaient pures. Mais le timing était mauvais. C'était carrément trois ans trop tôt.

Depuis trois mois, Clara n'a pas envisagé de rencontrer d'autres hommes, encore moins de commencer une histoire. Rien que l'idée d'embrasser des lèvres qui ne soient pas celles de Ben, de se retrouver dans les bras d'un autre ou de sentir l'odeur d'un corps inconnu la révulse. Elle sait par expérience qu'on finit toujours par venir à bout d'un chagrin d'amour, si immense soit-il, mais pour l'instant elle est tout simplement incapable de s'imaginer avec un autre homme que Ben.

Et voilà que Katja lui en a présenté huit d'un coup !

Quand elles sont entrées dans ce restaurant de la Binnenalster, Katja l'a poussée dans une salle à part, et Clara s'est retrouvée nez à nez avec cinq hommes et trois femmes. Elle était à cent lieues de se douter du véritable but de leur escapade hambourgeoise. Elle n'a commencé à saisir que lorsque l'animateur de la soirée leur a tendu un formulaire intitulé « Speed dating 8 × 8 × 8 ». Incroyable que Katja l'ait forcée à participer à ce type de rencontres ! Pas vraiment le genre de Clara d'aller se mettre ainsi sur le marché.

Katja, quant à elle, trouvait l'idée des « 8 × 8 × 8 » absolument géniale et lui lançait des coups d'œil entendus chaque fois que les hommes changeaient de table après avoir rempli leurs huit minutes de banalités.

Clara doit tout de même avouer qu'elle a ressenti un minuscule plaisir à recevoir des compliments flatteurs des uns ou des autres. Ce qui ne l'empêche pas d'être rongée de culpabilité. Pas question, ce soir-là, d'envoyer un texto à Ben une fois rentrée. Pour lui avouer qu'elle est allée à la chasse à l'homme ? D'autant qu'aucun des postulants ne s'est avéré moitié aussi séduisant que Ben. Mis à part le très sympathique modérateur de la soirée, Andreas, qui s'employait à mettre de l'ambiance et dont l'alliance se voyait à dix mètres, tous les types sans exception étaient de malheureux célibataires longue durée dont les rafales de questions et la gestuelle faussement désinvolte cachaient mal la détresse.

Elle s'était finalement bien amusée, mais surtout après coup, en commentant avec Katja le défilé de tous les candidats. Dieter, quarante-six ans, crâne à moitié dégarni, poignée de main moite, qui leur avait posé exactement les mêmes questions à chacune, à croire qu'il les avait apprises par cœur. Florian, un type assez craquant de vingt-cinq ans environ, mais dont les postillons décourageaient d'emblée. Volker, en revanche, semblait avoir quasiment perdu sa langue, mais pas ses yeux, qu'il plongeait sans arrêt dans leur décolleté...

Clara s'est d'emblée fermée à toute éventualité de rendez-vous et même refusée à donner son adresse mail. Ça n'avait tout bonnement aucun sens d'accepter de rencontrer quelqu'un, sachant qu'elle passerait la soirée à tenter désespérément d'éviter les sujets qui la préoccupaient. Elle ne s'est donc pas donné la peine de feindre le moindre intérêt et a avoué sans fard à tous les aspirants que sa présence en ce lieu n'était qu'un service douteux rendu à sa voisine de table.

Elle craignait que Katja ne fût secrètement déçue du maigre résultat de la soirée, mais c'était mal la connaître, Katja n'est pas du genre à s'avouer vaincue. Elle a promptement jeté son dévolu sur cet Andreas et n'en démordait pas. Il faut dire qu'il est très séduisant et que l'aisance teintée d'humour avec laquelle il énonçait les règles du jeu relevait le niveau de la soirée. Et Katja de lui demander finalement si elles pouvaient l'ajouter à la liste des élus habilités à obtenir leurs numéros. À quoi il répondit avec un sourire ambigu : « Mais, tu l'as déjà, mon numéro... » Ce que Katja interpréta illico comme une invitation expresse à en faire usage.

Elle pouvait parier que, dans les semaines à venir, son amie allait faire tout un cinéma de cet Andreas. Quand on est comme elles dans la fleur de l'âge, on ne se refuse rien, argue Katja.

Clara sourit malgré elle en se représentant la somme d'efforts que l'extravagante Katja déploie pour la « ramener à la vie » coûte que coûte. C'est pour ça qu'elle l'aime. Et aussi parce que son amie supporte sa passivité et sa frilosité. Et qu'elle a une idée à la minute – avec Katja, on ne s'ennuie jamais.

Katja va pourtant devoir accepter qu'elles ne puissent plus divaguer toutes les deux comme avant sur les mecs et les relations amoureuses. Comment Clara pourrait-elle retrouver sa légèreté d'antan avec cette petite musique lancinante qui lui souffle que l'apparence est trompeuse, le bonheur, un leurre, et que, d'ailleurs, elle ne le mérite peut-être même pas ?

Elle ne s'aime plus, voilà. Elle en arrive à souhaiter parfois que quelqu'un la secoue et lui hurle à la figure de cesser de s'apitoyer sur son sort et de placer Ben sur un piédestal. Alors que ses grands-parents, ses amis, ses collègues et bien sûr sa mère s'échinent à l'encourager. Mais Clara est obsédée par une idée fixe : redevenir la Clara d'avant. Elle veut se délester de cette funeste aura qui lui colle à la peau et qu'on remarque à des lieues à la ronde.

Elle feuillette sans entrain son magazine. Et s'arrête sur une pub qu'elle a déjà vue la veille sur un panneau publicitaire en entrant dans le centre-ville de Hambourg. Elle n'a rien de particulier, mais le message lui arrache un sourire. Un type à l'air très détaché sirote une bière, nonchalamment affalé sur un canapé, sous le slogan : « On n'a qu'une vie ! »

Exactement ce qu'elle se disait la veille : Ben n'avait qu'une vie, une vie qui fut certes beaucoup trop brève, mais qu'il s'efforçait de vivre plus intensément que tous les gens qu'elle connaît.

Mais qu'en est-il d'elle ? Sa vie va-t-elle s'arrêter avec celle de Ben ? Clara se redresse. Il n'en est pas question. Quelle que soit la manière dont il est mort, Ben ne voudrait certainement pas que Clara se morfonde toute sa vie à cause de lui. Et même s'il le voulait, elle serait parfaitement en droit de continuer à jouir malgré tout de la vie.

Peu à peu germe en elle une sorte de colère. Contre la vie, son destin, et un peu aussi contre Ben. Ce serait tout de même bien de rencontrer un jour quelqu'un qui soit capable d'accepter son histoire sans sourciller et qui la verrait elle, sans se laisser rebuter par le drame qu'elle a vécu.

En allant à la cuisine se chercher à boire, son regard tombe sur la carte de la pizzeria aimantée sur la porte du frigo. Elle encaisse le choc : pratiquement tous les dimanches soir, Ben commandait des pizzas. Ah, une grande pizza croustillante avec une bonne couche de mozza et du chorizo ultra fort !

Elle s'empare de son téléphone, passe sa commande, et son cœur fait un bond quand on lui demande à l'autre bout de la ligne si l'adresse est toujours la même.

– C'est bien pour Benjamin Runge ?

– Non ! réplique Clara d'une voix horriblement discourtoise. Vous pouvez rayer « Runge ». C'est au nom de Clara Sommerfeld. Mais l'adresse est la bonne.

Elle raccroche avec une boule dans la gorge, et hésite un instant à céder à son envie de pleurer. Mais par pitié, non. Ne pas finir le week-end en chialant comme une Madeleine. Ce week-end doit se terminer en beauté – par un progrès. Et elle regagne son balcon qui est maintenant à l'ombre en pensant de toutes ses forces à la première pizza qu'elle va déguster depuis trois mois.

# SVEN

L'enquête dans l'affaire Mine est loin d'être terminée pour Sven, mais compte tenu d'une semaine de travail intense, elle a été quelque peu reléguée au second plan ces derniers jours. En attendant, Sven se demande si ce monde imaginaire qu'il s'est construit avec Mine ne lui sert pas d'alibi pour éviter de passer à l'action. Parce que, d'une manière ou d'une autre, il est tellement englué dans la routine d'une course perpétuelle contre la montre qu'il se sent vraiment mûr pour des vacances. D'ailleurs, ces derniers temps, il n'est carrément plus maître de son existence.

Pourtant, il adore son travail ! Il aime écrire et, au fond, il aime ce rythme effréné. Il se sent également bien dans son appartement. Et même la dernière rencontre avec son père a été facile et sympa, ce qui a surpris Sven, qui a l'impression de se rapprocher peu à peu de lui.

Sven va ouvrir le réfrigérateur : un bon dîner va le distraire d'une attaque imminente de rumination. Mais comme il n'y a ni pizza congelée, ni bière, ni rien d'autre de comestible dont il ait envie, il décide de sortir.

Il prend un grand sac pour y jeter tout ce qu'il ne mangera pas. Il s'est formé au bout du tube de concentré de tomate une croûte peu appétissante, et en plus il est périmé depuis plus d'un an, constate Sven avec étonnement. Il ferait mieux de ne pas regarder de trop près les deux pots de confiture. Pour autant que Sven s'en souvienne, ce sont des cadeaux de la mère de Fiona. Mais il n'aime pas la confiture, et encore moins cette ignoble vinaigrette que Fiona adorait et qui a sûrement produit des moisissures bizarres à l'intérieur.

*Il est grand temps que mon ex-petite amie disparaisse une fois pour toutes de ma vie*, se dit-il. *Aujourd'hui, c'est le jour !*

Il attrape résolument le sac déjà à moitié plein et balaie le loft du regard pour éliminer tous les souvenirs. Il n'en reste pas beaucoup de toute façon : une carte postale ridicule sur le réfrigérateur, un vase qu'il n'a jamais aimé, des sels de bain qui ne sont plus que des attrape-poussière, quelques fringues, deux paires de chaussures, un kitschissime cœur en pain d'épice à l'effigie de la cathédrale de Hambourg et quelques photos qui traînent dans un tiroir. Celles-là, il veut les garder. Mais il met tout le reste dans le sac, sans état d'âme.

Puis il prend son portefeuille, ses clés, son portable et sort. Il va commencer par le local poubelle, puis il ira au rayon charcuterie du supermarché et, pour finir, il se choisira un bon film en VOD.

# CLARA

Le chemin qui mène de l'entrée du cimetière à la tombe de Ben est interminable. Clara se sent très mal à l'aise sans pouvoir vraiment démêler si c'est lié à l'idée détestable de s'approcher du corps mort de Ben ou à la présence de sa mère qui a tenu à l'accompagner...

- Tu viens ici tous les combien à peu près ? demande Karine d'une voix douce, non sans tact.

Ce qui n'empêche pas Clara d'être immédiatement sur la défensive. Elle a mauvaise conscience, car elle n'a guère eu le courage de venir ici ces dernières semaines.

- J'ai du mal à y aller. Je ne me sens pas bien ici.

- Mais c'est complètement normal. (Sa mère hésite, lui prend le bras et se risque à ajouter doucement :) Ton appréhension signifie juste que tu es encore loin d'avoir terminé le travail de deuil.

- Oui, oui, je sais, répond Clara en se retenant de répliquer vertement.

- Mais tu sais aussi que tu peux compter sur moi, ma chérie. Nous avons tant de moyens d'alléger un peu ta peine. L'essentiel serait que tu lâches prise, poursuit sa mère, toujours aussi prodigue de ses conseils.

- Oui, je sais. Mais ce n'est pas en me le répétant que ça va m'aider à y arriver.

Clara s'efforce de garder son calme, mais fulmine intérieurement.

- Je veux juste t'aider. Je serais une bien mauvaise mère si je n'essayais pas de te transmettre mon expérience en matière de deuil.

Clara hoche la tête - mieux vaut se taire. Elle aimerait tant être seule en ce moment ! Seule n'importe où très loin d'ici.

Régulièrement l'idée lui vient de déguerpir, tout simplement. Tout laisser tomber, prendre ses jambes à son cou et recommencer à zéro quelque part. Sa mère interpréterait sûrement cette envie comme une fuite devant la douloureuse réalité. Et tenterait de la persuader d'entreprendre une thérapie holistique et de se relier enfin à l'énergie universelle. Pathétique. Elle exhumerait ses guides miracles et lui listerait les adresses de spécialistes patentés auxquels elle peut s'adresser pour se ressaisir et renouer avec sa force intérieure.

Ce genre de conversations lui donne envie de lui jeter à la figure qu'elle n'a peut-être jamais eu quoi que ce soit qui ressemble à de la force intérieure et qu'il faut sans doute en chercher les raisons dans son enfance. À l'époque, Clara s'est sentie complètement seule avec son chagrin après la mort de son père. Elle n'a pratiquement jamais vu sa mère le pleurer. Et maintenant qu'elle voudrait juste qu'on la laisse tranquille, Karine se mêle d'aller explorer sa vie intime et de retourner le couteau dans la plaie.

– Quel beau bouquet ! s'exclame maintenant sa mère en apercevant une composition de roses et de gerberas blancs posée à la gauche de la tombe. Il vient de toi ?

Clara tressaille intérieurement. Elle a une repartie provocante sur le bout des lèvres, mais se contente de dire :

– C'est sans doute Dorothea ou sa mère.

Soudain Karine extrait une petite figurine de verre de son sac à main. En y regardant de plus près, Clara constate qu'il s'agit d'un ange.

– Qu'est-ce que tu veux faire de ça ? lui demande-t-elle.

– Regarde-le bien, il est en train de chanter, et il a l'air tellement heureux. Je l'ai vu dans cette jolie boutique de la Schröderstrasse, il m'a tout de suite fait penser à Ben.

Clara lui lance un regard méfiant. Mais sa mère arbore un sourire désarmant.

– Si tu n'y vois pas d'inconvénient, je vais le laisser ici, dit-elle en posant la figurine à la droite de la tombe, avant de se reculer un peu.

– Tu n'as jamais rien déposé sur la tombe de papa, laisse échapper Clara.

Sa mère la fixe, déconcertée.

– Mais j'ai gardé longtemps dans la chambre cet autel où j'avais placé toutes ces choses de lui...

Touchée ! À part la photo sur sa table de nuit, Clara n'a pas dédié d'endroit à Ben ni aux souvenirs qu'elle a de lui.

Sa mère lui passe avec précaution un bras autour des épaules. Elles fixent ensemble un moment l'inscription gravée sur la tombe, puis Karine dit doucement :

– Tu sais, moi aussi, je l'aimais. Je m'étais vraiment attachée à lui. Tu n'es pas seule avec ton chagrin.

Clara ne sait pas quoi dire. Elle est assez interloquée, mais n'en laisse rien paraître.

o | o

Tard le soir, après avoir passé un bon moment à la cuisine avec Karine autour d'un plat de spaghettis au pesto et un peu parlé de l'ambiance délétère qui règne à l'agence en ce moment, elle se dit que, finalement, cette journée avec sa mère était assez supportable.

Elle s'imaginait cette visite au cimetière bien pire. Elle a même eu le courage d'avouer à sa mère qu'elle était heureuse d'avoir été voir le corps de Ben à la chapelle. Karine l'y avait incitée, parce que, disait-elle, l'inhumation serait alors moins douloureuse, comme si on n'enterrait plus que la dépouille mortelle, sans âme.

Et de fait, c'est à peine si Clara reconnut les traits si familiers de Ben dans ce visage mort. Malgré la blessure au crâne causée par la chute, il avait l'air étonnamment paisible, comme soulagé. Mais ces traits ne trahissaient rien de la personnalité réelle de Ben. Seule la vue de ses mains croisées sur le buste lui a causé une souffrance aiguë, qu'elle ressent encore aujourd'hui.

Son odeur, sa voix, sa chaleur lui manquent terriblement, mais surtout, ce sont ses mains.

Elle a si souvent observé Ben jouer de la guitare, la beauté de ses doigts si puissants et pourtant si délicats. Il pouvait rester des heures à jouer, tranquillement assis sur le parquet du séjour. Ses chansons préférées de mémoire, des morceaux difficiles en s'aidant des partitions, et surtout de petites variations dont il finissait toujours par faire une merveilleuse chanson inédite à force de les combiner et de les répéter.

Clara sourit en y repensant. Elle se promet de réécouter tous ses CD le week-end prochain et de les classer ! Peut-être qu'elle fera aussi cadeau de certains disques à Knut et aux membres du groupe.

Il est temps maintenant de confier à Ben quelques fragments de cette journée éprouvante mais finalement belle. Elle allume son téléphone, qu'elle n'a pas encore utilisé aujourd'hui, et commence à écrire en souriant tristement.

# SVEN

Il n'y a rien que Sven déteste plus que les chambres d'hôtel irrespirables. C'est pourquoi il regrette d'autant plus que son vieux copain d'université Phillip soit parti de Berlin justement cette semaine. Car sinon, malgré son rendez-vous matinal, il aurait certainement fait un tour avec lui du côté de Friedrichshain au lieu d'atterrir ici, dans un hôtel miteux qui se veut de luxe, à proximité du Ku'damm. En fait, Sven devrait encore se préparer aux deux interviews qui vont certainement lui pourrir la semaine. Mais, déjà pendant le voyage en train, il lui a été impossible de se concentrer vraiment. Et encore maintenant, il a constamment la tête ailleurs.

Il est assez énervé et ne sait même pas si c'est à cause de cette petite chambre ou de ce dîner trop gras, ou parce qu'il pleut et qu'il n'arrive pas à se décider à aller respirer un peu l'air berlinois.

Par ailleurs, il se rend compte que l'absence de nouvelles de Mine le rend nerveux. Il a même failli lui écrire pour lui demander poliment pourquoi elle n'avait pas envoyé de messages depuis plusieurs jours.

Mais il n'a rien trouvé à dire qui ne risque pas de lui faire peur.

Il se demande ce qui a bien pu se passer entre-temps. Peut-être qu'elle a enfin découvert son erreur et qu'elle sait maintenant que les SMS n'arrivaient pas au bon destinataire. Peut-être que son amoureux est rentré et qu'il n'y a plus de raison de se languir de lui. Peut-être qu'il lui est arrivé quelque chose. Peut-être qu'elle est tombée amoureuse. Peut-être...

Peut-être aussi que ça pourrait lui être égal !

Sven s'assied sur le lit dur, attrape la télécommande pour allumer le téléviseur et prend en même temps ses notes et ses documents. Il s'en veut un peu de ne pas avoir emporté un bon livre. Mais il savait que cela l'empêcherait de travailler comme il devrait.

Au bout de dix minutes pendant lesquelles il essaie vainement de se concentrer sur ses dossiers, il coupe le son de la télévision. Le temps passe et le malaise de Sven grandit.

Il attrape son iPhone et clique sur « Contacts ». Il devrait peut-être appeler David et lui demander comment ça se passe avec son nouveau coup de foudre. Mais en fait, cela ne l'intéresse pas. Et c'est justement ce qu'il aime le moins chez lui : qu'il s'agisse de son copain ou de Hilke, il a du mal à se réjouir du bonheur des autres. Avant, il n'était pas jaloux comme ça. Quand quelque chose de vraiment génial arrivait à quelqu'un d'autre, il était bien sûr un peu envieux, mais pas jaloux. Tandis qu'aujourd'hui, s'il demande à David de lui parler de son nouvel amour, il espère secrètement que ça a mal tourné.

*Ce sont des idées malsaines,* se dit-il. *Et ça, c'est encore plus malsain,* pense-t-il quand il se met à chercher le numéro de Mine dans son portable pour le composer sur le clavier du téléphone de la chambre. Très lentement. Comme un gamin qui joue avec le feu. D'abord des hésitations, puis un pas en avant, de nouveau en arrière, jusqu'à ce que le courage et la curiosité finissent par l'emporter.

Sven ne comprend pas lui-même pourquoi il éprouve un tel besoin d'entrer en contact avec une femme imaginaire.

Mais il ne peut pas s'en empêcher. Il est temps de passer enfin à l'acte au lieu de peser constamment le pour et le contre.

Ça sonne.

Sven a le cœur qui bat. Il se redresse, s'éclaircit la gorge et se sent complètement stupide.

« Vous êtes en relation avec le répondeur téléphonique du... »

Déception et soulagement. C'est de nouveau la boîte vocale qui s'impose comme une barrière infranchissable entre la réalité et le monde des apparences. Comme un signe qui lui signifie qu'il vaut mieux oublier Mine.

Sven réfléchit.

Soudain, il se lève d'un bond, enfile un sweat à capuche et sort faire un tour.

○ | ○

– Bien. Alors dans une demi-heure dans notre resto de sushis ? demande Sven à son ami David au téléphone le lendemain après-midi.

– Super. À tout à l'heure, répond David.

Sven a beau être complètement crevé en rentrant à Hambourg, il a besoin d'échanger avec une personne un tant soit peu douée de raison. Sa journée a été une pure horreur. Deux longues interviews, dont un déjeuner avec des patrons arrogants qui l'ont soûlé. Et ce, alors qu'il ne pensait qu'à Mine et à son dernier message, et à ce moment très étrange après sa promenade nocturne dans Berlin.

Comme s'il avait eu un pressentiment, lorsqu'il est rentré dans sa chambre d'hôtel, la première chose qu'il a faite a été de regarder l'écran de son portable resté là.

Au début, il osait à peine regarder vraiment car il trouvait tout simplement humiliant d'attendre un message qui ne venait pas. Comment pouvait-il être touché personnellement, voire déçu, alors que les SMS étaient manifestement destinés à quelqu'un d'autre ? Mais lorsqu'il a pris le téléphone pour vérifier, Sven a eu soudain comme une certitude. Un peu comme si l'on se rendait, confiant, à un entretien d'embauche ou à un examen, certain que tout se passerait bien.

Lorsqu'il vit qu'un SMS de Mine était effectivement affiché, il eut d'abord une petite frayeur. Car il était tout simplement perplexe face à cette incroyable coïncidence. Ce timing parfait lui semblait quasi magique. En se promenant sur le Ku'damm, Sven s'était juré de bannir enfin le fantôme de Mine si elle ne lui donnait pas signe de vie le soir même. Mais la joie et l'excitation ont rapidement repris le dessus.

Toutefois, à la première lecture, Sven n'a pas bien compris. Il a dû relire une seconde fois pour saisir vraiment ce qu'il venait d'apprendre. Mine écrivait :

**J'étais auprès de toi, sur ta tombe. Et pourtant, tu étais si loin. Est-ce que tout cela pourra un jour s'arranger ? Sans toi, sans tes mains, sans ta musique ?**
**Avec tout mon amour, Mine.**

Sven est maintenant assis sur sa terrasse, toujours en costume ; il regarde le ciel d'un bleu profond dans lequel les nuages défilent, telles des figures blanches. Il desserre sa cravate et reprend la liste de tous ses SMS des derniers mois.

Même s'il a déjà spéculé plusieurs fois sur la possibilité que l'amoureux de Mine ne soit plus en vie, la confirmation de son hypothèse lui semble maintenant par trop sinistre, comme si, avec ses fantasmes, il en était responsable.

Peut-être, pense-t-il maintenant, est-ce une mauvaise conscience latente qui se manifeste chez lui. Car dans le train de retour de Berlin, il a ressenti une certaine joie à l'idée que Mine n'était pas prise.

Mais son cœur à lui l'est. Son cœur est clairement pris ! Et Sven s'en rend compte une fois de plus en relisant les messages les uns après les autres.

Il se lève et s'appuie sur la balustrade. De là, il a la meilleure vue sur les toits.

Il fait inhabituellement chaud ce soir-là et Sven espère qu'il pourra encore obtenir une table à l'extérieur pour David et lui. Sinon, il lui proposera d'aller dans un autre resto avec une terrasse. Il veut être à l'air libre et ne pas gâcher cette nuit chaude dans un endroit étouffant.

Alors que Sven réfléchit à ce qu'il va mettre ce soir, il remarque qu'il a toujours du mal à respirer. Au début, il a pensé que c'était parce qu'il avait grimpé les escaliers plus vite que d'habitude – il était pressé d'arriver pour relire tous les SMS de Mine. Maintenant, sa respiration aurait dû se calmer. Mais il se sent intérieurement contrarié, nerveux.

Rien n'y fait. Même s'il se rend ridicule, il doit parler à David de toute cette histoire. À force de ruminer, il ne sait plus où il en est. Il déteste quand il perd le contrôle de la situation. Et cette situation le dépasse.

Que doit-il faire ? Doit-il essayer d'ignorer Mine ? Doit-il lui demander gentiment mais fermement d'arrêter de le contacter ? Doit-il se procurer un nouveau numéro pour pouvoir, lui, la contacter sans se poser de questions ? Et après ? Doit-il simplement l'appeler et l'inviter à prendre un café pour discuter, de manière totalement absurde et superflue, de la perte d'un être cher ? Doit-il la rechercher en secret et se ridiculiser ?

Pendant un court instant, Sven hésite. Peut-être devrait-il annuler David ce soir... Mais s'il ne sort pas maintenant, il ne fera que ruminer en vain.

Déterminé, Sven se dirige vers sa chambre. Il se déshabille, prend une douche rapide et réfléchit à comment présenter les choses à son copain, en espérant ne pas trop passer pour un idiot.

# CLARA

Au fond, Lüneburg est une ville fantastique, se dit Clara en traversant le parc thermal à vélo ce vendredi soir. C'est beaucoup plus long de rentrer par le parc, mais ça vaut le détour par une aussi belle soirée de printemps.

Il y a quelques semaines encore elle avait beaucoup de mal à rentrer chez elle, où personne ne l'attend après le bureau. Mais en ce moment l'atmosphère entre les collègues est tellement tendue qu'elle n'a plus du tout envie de traîner à l'agence. D'importants projets leur ont échappé ces derniers temps, et beaucoup de collègues sont sérieusement inquiets. Peut-être devrait-elle envoyer à tout hasard quelques lettres de candidature. Mais les offres de postes de graphiste sur le web ou dans le journal ne sont pas pléthoriques. D'un autre côté elle n'a guère d'expérience en dehors de l'agence et ne peut pas faire valoir dans son CV de grosses campagnes de pub pour de prestigieux clients.

D'ailleurs elle aimerait bien mieux gagner sa vie en peignant. Mais bon, ce n'est sûrement pas très réaliste.

N'empêche qu'elle pourrait tenter de se faire un peu d'argent de poche par ce biais. En donnant des cours de peinture à des amateurs intéressés par exemple. Ces derniers temps, elle a mis au point une technique originale à base de feuilles de métal et d'autres matériaux qui confère à ses tableaux quelque chose de tout à fait inédit. Katja et sa mère le lui ont confirmé. Encore que leur jugement puisse manquer d'objectivité, évidemment...

Mais d'abord, c'est le week-end ! Elle se réjouit de ces deux jours de liberté. Elle va se concocter un juste mélange de choses excitantes et de farniente. Car, excepté une visite à ses grands-parents, elle n'a d'autres projets que de se consacrer à sa peinture, ce qui lui évitera de ressasser son chagrin, du moins elle l'espère.

Ça lui arrive encore beaucoup trop souvent. Elle sursaute intérieurement à peu près une fois par heure. Un flash d'une seconde pendant lequel son cerveau lui rappelle brutalement que Ben est mort - comme si elle en avait besoin !

Car même si elle le voulait, elle serait bien en peine de refouler tout ça, ne serait-ce qu'un moment. Ce nouveau pessimisme qui marque sa vision des choses semble bien parti pour lui coller à la peau jusqu'à la fin de ses jours. Un peu comme un acouphène que rien ne parviendrait à couvrir et qui ne vous laisse de répit que pendant le sommeil.

*La vie doit pourtant pouvoir déboucher sur autre chose*, se dit-elle. *Ben n'est pas parvenu à trouver d'issue, soit, à moi de faire en sorte que sa mort ne soit pas encore plus absurde.*

Quand elle était petite et qu'elle était dans un mauvais jour, elle s'imaginait quelque chose de beau. Elle se réfugiait sous la tente qu'elle s'était bricolée dans sa chambre sous les combles et y échafaudait des rêves de palais, d'animaux de compagnie, de somptueux vélos de course ou de robes de princesse, jusqu'à ce que les pleurs cèdent à l'envie de les coucher sur le papier avec ses craies de couleur.

Tel est exactement son projet du week-end. Elle va terminer sa septième toile en réécoutant tous les morceaux de Ben, sans oublier de s'accorder de grosses pauses au grand air et au soleil. Et elle explorera aussi les possibilités d'aborder la peinture de manière un peu plus professionnelle.

# SVEN

- Comme c'est romantique ! s'exclame Hilke en regardant par la fenêtre, songeuse, avant de pousser un gros soupir.

- Qu'est-ce qui est romantique ? Une jeune femme qui perd son grand amour ? demande Sven, choqué.

Comme la rencontre avec David avait été certes sympa, mais sans grand succès en ce qui concerne Mine, Sven avait pris son courage à deux mains ce vendredi et demandé à Hilke son avis.

- C'est typiquement le genre de choses que je dois t'expliquer. C'est du romantisme pur ! La vraie vie !

- Je ne vois pas en quoi la mort a un rapport si direct avec la vie, rétorque Sven d'un ton qui, espère-t-il, mettra un terme à la pénible discussion sur les nouveautés du monde parallèle de Mine.

Mais apparemment, Hilke se sent encore plus motivée pour débiter ses conseils avisés sur la vie et l'amour. Elle se penche en arrière et prend une grande inspiration.

- Svenni !

– Quoi donc, Hilki ?!

– Ha, ha, rit-elle sarcastiquement. Cette Mine, elle est tellement romantique. Réfléchis un peu ! T'imagines ce que doivent être sa nostalgie et son chagrin si le seul moyen de s'en sortir, c'est pour elle d'envoyer des messages à son amour perdu dans l'au-delà ?

– Perchée et kitsch, si tu veux mon avis.

– Non, ce n'est pas à toi que je pose la question ! Car tu n'as pas le sens de ce qui est essentiel dans la vie. Et Mine, tu ne la mérites pas !

Sven manque de laisser tomber son café. Il regarde Hilke, abasourdi.

– Je n'ai pas *quoi* ? Alors là, c'est toi qui pètes les plombs !

– Tu ne réalises donc pas que le destin t'offre une femme de rêve sur un plateau d'argent ?

– Une femme de rêve qui va passer sa vie à porter le deuil d'un mort.

– Qu'est-ce que tu en sais ? Ma cousine s'est remariée après la mort de son premier mari dans un accident de voiture et elle est très heureuse. Mais dans cette situation, les gens font beaucoup plus attention à leur nouveau bonheur car ils savent à quel point il est précieux.

– Oh, oh. Tous ces grands mots, dès le matin...

– Oh, oh. Tant d'étroitesse d'esprit dans un cerveau masculin...

Sven veut répondre mais il ne sait pas quoi. Il essaie donc de se concentrer à nouveau sur la rédaction de ses interviews. Hilke, de son côté, regarde son écran, sérieuse, et tape frénétiquement sur son clavier.

Bien qu'il ait déjà transcrit l'essentiel des fichiers MP3 et les ait intégrés dans son texte sous forme de citations, Sven remet ses écouteurs pour signaler clairement que sa collègue peut lui épargner son bavardage.

Mais Hilke n'a pas dit son dernier mot et s'exprime à présent par mail. Sven tente de réprimer un soupir agacé en voyant s'afficher la petite fenêtre d'Outlook.

**De : Hilke Schneider**
**Cher Svenni ! ☺ D'accord. J'ai compris et je te propose un marché : désormais, je ne me mêlerai plus jamais de tes affaires de cœur, mais seulement si tu montres que tu as un cœur !**
**Cordialement, H.**

Sven ne peut pas s'empêcher de répondre.

**De : Sven Lehmann**
**Ma chère Hilki ! Parfait – tu ne t'en mêles pas !**
**S.**

Moins d'une minute plus tard arrive la réponse de Hilke. Elle aussi s'efforce de garder les yeux rivés sur l'écran et de rester impassible.

**De : Hilke Schneider**
**OK, mais tu dois promettre d'essayer de la retrouver.**

**De : Sven Lehmann**
**C'est du harcèlement au travail !**

De : Hilke Schneider
Ton visage déprimé en permanence aussi !

De : Sven Lehmann
Je n'ai pas envie de la connaître, mais même si je le voulais, je ne saurais pas comment.

De : Hilke Schneider
Tu es rédacteur d'un magazine d'informations réputé. Tu devrais savoir comment on mène une enquête.

De : Sven Lehmann
Et à ton avis, ça va m'apporter quoi, chère collègue ?

De : Hilke Schneider
Le bonheur, imbécile ! ☺

De : Sven Lehmann
Imbécile toi-même ! T'es vraiment pas bien !

De : Hilke Schneider
Toi non plus ! Tu viens avec moi chez le Thaïlandais derrière les terrasses Magellan ? J'ai faim.

De : Sven Lehmann
OK.

De : Hilke Schneider
☺

o | o

Pendant le déjeuner, Hilke réussit à respecter leur marché environ une demi-heure. Après quoi elle craque et fait une nouvelle tentative, maladroite mais charmante : Sven devrait enfin « prendre son bonheur en main ».

Et maintenant, Sven ne sait pas s'il a opiné pour qu'elle arrête enfin de fouiner dans sa vie amoureuse inexistante, ou parce qu'elle est du même avis que David. Si son copain n'était pas aussi amoureux, et donc aveugle, il aurait certainement conseillé à Sven de demander poliment à cette Mine de cesser enfin de le harceler. Mais David a trouvé toute cette histoire de SMS terriblement excitante.

Quoi qu'il en soit, il est effectivement temps de passer à l'action. Sven en est désormais convaincu. Ne serait-ce que pour ne pas perdre la raison et courir le risque de faire dépendre son salut psychique d'un SMS !

Bien qu'il n'ait pas fini son boulot et que le bouclage de la rédaction se rapproche dangereusement, Sven essaie de taper une réponse à tous les messages de Mine. Il ouvre un nouveau document et enregistre le fichier dans son dossier privé sous le nom de « Mine ». Il écrit :

**Chère Mine. Je suis désolé de ce qui vous est arrivé et je vous adresse toute ma sympathie.**

Mon Dieu, on se croirait dans un mauvais film, se dit Sven. Il saute une ligne et recommence :

**Chère Mine. Je suis le destinataire de tous vos tristes messages. Même si votre sort me touche infiniment, je vous prie de cesser d'envoyer des SMS à mon numéro. Meilleures salutations...**

C'est nul !

Sven regarde par la fenêtre. Il est heureux que Hilke soit déjà rentrée chez elle et de ne plus être sous haute surveillance.

Une nouvelle tentative :

**Veuillez vous abstenir d'envoyer des messages à ce numéro. Cordialement...**

... *Monsieur Trouduc*, complète mentalement Sven.

– Ça ne doit pas être si difficile ! se lamente-t-il tout en regardant vers la porte pour vérifier qu'aucun collègue ne se trouve à proximité.

**Chère Mine, je suis désolé de ce qui vous est arrivé. Si vous souhaitez me faire part de votre chagrin, non seulement par portable mais aussi personnellement, je vous invite volontiers à prendre un café. Cordiales salutations d'un admirateur**

Ça fait un peu pervers sur le retour !

**Chère inconnue ! Si tu souhaites savoir à qui parviennent tous tes mots touchants, n'hésite pas à te manifester à tout moment ! Amitiés, ton destinataire**

Sven regarde par la fenêtre. Comment faire pour que Mine ne soit pas morte de peur en recevant ce qu'elle va prendre pour un message de l'au-delà de son mec ?

Peut-être devrait-il l'envoyer depuis un autre téléphone portable. Ou bien se doute-t-elle que ses SMS parviennent à un inconnu ? Mais dans ce cas, elle va certainement être très fâchée qu'il ne se manifeste que maintenant. Elle a certainement pensé que le numéro n'était pas réattribué et que ses mots se perdaient dans le cyberespace.

Il faut en finir. Sven doit enfin se consacrer pleinement à son travail. Il saisit son iPhone et se met à taper :

**Chère Mine, je suis le destinataire de tous vos mots touchants. Si je peux vous aider d'une manière ou d'une autre dans votre chagrin, faites-le-moi savoir. Votre confident inconnu**

Même si Sven se contente d'enregistrer ce message au lieu de l'envoyer immédiatement, il se sent enfin plus détendu. La prochaine fois qu'il se trouvera dans une situation qui le forcera à agir, il enverra simplement le SMS et se sentira immédiatement mieux. Mais il devrait peut-être attendre simplement un signe.

Il secoue la tête devant ces élucubrations absurdes. Bon, au moins, il peut se remettre au travail. Il prend une profonde inspiration et s'efforce d'en finir avec son article. Car il veut bientôt partir en week-end et arriver à l'heure au tai-chi.

o | o

C'est déjà la troisième fois cette nuit que Sven relit le dernier SMS de Mine. Il est déjà presque deux heures du matin, et son téléphone a dû le tirer de son sommeil. Il a du mal à voir l'écran, peut-être à cause du bon vin rouge qu'il a dégusté sur sa terrasse après le sport. Il veut cependant absolument avoir d'autres informations sur le monde de Mine et, de préférence, pouvoir les classer et les comprendre sans plus attendre.

**Merci pour le signe des allumettes de Beppo ! Je vais lui demander si je peux exposer chez lui et commander ta Diavola préférée. C'est promis ! Bisous, M.**

Sven s'assied et allume la lumière. Il lit à nouveau le texte et se demande si « Diavola » est une pizza. Et si oui, combien de restaurants en Allemagne sont tenus par un Beppo et proposent cette pizza sur leur carte ?

Un, dix ou des centaines ?

Difficile à dire. Et qu'en est-il des allumettes ? De quel signe parle Mine ? Croit-elle vraiment à ce genre d'âneries ésotériques ?

Et qu'est-ce qu'elle veut exposer ? Ses tableaux ?

*Je veux voir ses tableaux*, pense Sven, et il se lève pour aller prendre l'air.

Il fait assez frais sur la terrasse. De là, il a une bonne vue sur les rares pièces éclairées dans les bâtiments alentour. De l'autre côté de la rue, il peut observer une jeune femme assise devant la télévision, enveloppée dans une serviette, en train de se vernir les ongles des pieds.

Sven a envie d'aller chercher les jumelles qu'il a achetées à l'occasion de la dernière éclipse partielle de lune. Cela vaut-il la peine d'examiner la dame d'un peu plus près ? Puis il y renonce. Ce serait un peu glauque de sa part de s'immiscer ainsi dans la sphère privée de sa voisine qui manifestement se sent en sécurité et protégée.

Mine se vernit-elle aussi les ongles à deux heures du matin ? Est-ce qu'elle se soucie de la beauté ? Les personnes qui ont le sens de la peinture n'accordent-elles pas obligatoirement de l'importance à l'esthétique ?

Quel genre de tableaux peint-elle ? Et Mine se sent-elle en sécurité et protégée lorsqu'elle peint ? Devrait-il la laisser tranquille, rester en dehors de sa vie, lui laisser l'espace nécessaire pour surmonter son deuil, et effacer tous les prochains messages sans les lire ?

Sven n'aime pas cette idée. Certes, il n'est pas à l'aise dans le rôle du fouineur véreux. Mais il l'est encore moins à la perspective de rester en dehors du monde de Mine.

Il va chercher une bouteille d'eau à la cuisine et retourne sur la terrasse. Mais cette fois-ci, il s'assied dans son fauteuil en osier, pour ne plus faire face à la fenêtre de sa voisine et risquer de pénétrer malgré lui dans son monde.

Avec Mine, c'est pourtant l'inverse, pense-t-il soudain en se redressant. C'est elle qui s'est immiscée dans son monde !

Il regarde maintenant le ciel étoilé. Le Triangle d'été est bien visible, malgré toutes les lumières de la ville qui cachent ainsi d'innombrables étoiles.

C'est une bonne nuit pour y voir plus clair, Sven le sent. Il retourne dans l'appartement chercher son MacBook qui attend, dans un sac dans l'entrée, de percer tous les mystères que contient une telle nuit, puis retourne s'installer dans son fauteuil sur la terrasse. Là, il allume l'ordinateur et, pendant qu'il démarre, fixe à nouveau le ciel à la recherche d'Alcor, le cavalier de la

Grande Ourse. Lorsqu'il l'aperçoit, c'est pour lui comme un signe. Un peu comme celui que Mine a reçu. Cela vaut le coup de poursuivre ses recherches.

Sven ouvre la page de Google et cherche « Diavola » dans l'immensité du monde virtuel.

# CLARA

– Mamie, ta purée est tout simplement divine, marmonne Clara, la bouche pleine, en s'abandonnant au plaisir de régresser à l'état de petite fille gâtée à la table de ses grands-parents.

– Je ne te conseille pas d'aller dire ça à ta mère, observe Lisbeth.

Clara lui adresse un sourire complice ; elle aime sa mère, mais on ne peut pas dire qu'elles soient toutes les deux sur la même longueur d'onde.

Mais Lisbeth poursuit sans attendre de réponse :

– Régale-toi, ma chérie. Quel bonheur de te voir enfin manger normalement !

– J'ai mangé normalement ? s'étonne Clara en reposant sa fourchette pleine dans son assiette.

– Tes joues ne sont plus aussi creuses, tu es jolie comme un cœur ! (Lisbeth la scrute longuement et se fend d'un large sourire.) Tu ne serais pas amoureuse, par hasard ?

– Mamie ! s'exclame Clara, totalement prise au dépourvu.

Elle vient juste de lui annoncer qu'elle s'est remise à peindre avec un plaisir fou, et Lisbeth ne trouve rien de mieux que d'attribuer sa bonne humeur à quelque romance totalement hors de propos et sans la moindre réalité. Qu'en est-il de Ben ? L'ont-ils déjà oublié ?

Lisbeth sent qu'elle s'est risquée en terrain mouvant.

- Tu connais le proverbe : « Nouvel amour chasse l'ancien. »

- Mais je ne veux peut-être pas du tout chasser l'ancien ! objecte Clara, choquée.

- N'empêche que tu ne devrais pas perdre espoir.

- Mais qu'est-ce que tu veux que j'espère ? Rien ne pourra redevenir comme avant, de toute manière !

- Personne n'a jamais dit que tout reviendrait comme avant, ma chérie. Mais tu peux essayer de tirer le meilleur parti possible de la situation.

Silence. Clara croise résolument les bras sur sa poitrine.

- Ma chérie, tu es une jeune femme ravissante, bourrée de talent et très intelligente ! l'interrompt Willy avec un sourire de fierté, en glissant son assiette vers le plat pour se faire resservir.

- Tu crois que Ben voudrait que tu restes seule ?

Lisbeth a dit ça d'une voix très douce, mais le propos heurte durement Clara.

- Allons, laisse cette enfant manger tranquillement ! objecte Opa.

- Ne t'inquiète pas, dit Clara, je sais que vous ne voulez que mon bien. Mais dites-moi plutôt ce que vous aviez de si urgent à m'annoncer.

Clara était à peine dans l'entrée tout à l'heure que Lisbeth proclamait, tout excitée, qu'elle avait une grande nouvelle.

Il s'avère qu'elle hérite d'une tante avec laquelle elle n'a, depuis des années, que des contacts sporadiques.

– Elle est morte à quatre-vingt-dix-sept ans, un bel âge, complète Willy, et Lisbeth est la seule parente qui lui restait.

– Oui, enfin, nous ne savons même pas de combien d'argent il s'agit ni ce que vont coûter les obsèques, précise Lisbeth. J'ai prié ton oncle de s'en occuper.

Quand Willy quitte la salle à manger pour regagner son fauteuil comme à son habitude, Clara se tortille un moment sur sa chaise avant de se pencher vers sa grand-mère.

– Lisbeth ? demande-t-elle d'une voix hésitante.

Sa grand-mère s'attend à une confidence de taille, ce n'est pas tous les jours que Clara l'appelle par son prénom.

– Tu crois aux signes, toi ?

Lisbeth se cale dans son siège et s'éclaircit la gorge.

– De quels signes parles-tu ?

– Ben, des signes. De là-haut... fait Clara en désignant le ciel de la tête.

– Tu veux dire du genre : « S'il fait beau demain, nous hériterons bientôt d'un peu d'argent » ?

– Oui, des trucs de ce genre. Je crois que... je crois que Ben m'envoie des signes. (Clara met ses coudes sur la table, pose son menton sur ses mains et ajoute :) C'est idiot, hein ?

– Ça n'a absolument rien d'idiot.

– Non ?

– Bien au contraire. Tu sais, ma chérie, quand ton papa nous a quittés, j'ai pas mal réfléchi à la vie et aux choses qui se produisent parfois sans qu'on puisse les expliquer. Et je suis arrivée à la conclusion que ça vaut la peine de croire à quelque chose.

– Hum, c'est un peu abstrait.

– Quand les gens sont frappés par le destin, de deux choses l'une : soit ils perdent la foi, soit, au contraire, ça les met sur le chemin de Dieu ou de quelque religion.

– Lisbeth, je ne parle pas de Dieu mais de Ben. C'est de lui que viennent les signes !

– Tu peux me dire quelle sorte de signes ?

– Eh bien, hier soir, par exemple. Je venais de finir une grande toile, je m'étais versé un verre, et je me demandais ce que je devais faire de tous ces tableaux et s'il n'y aurait pas moyen de les exposer et même de les vendre. Je suis allée chercher un briquet dans le buffet pour allumer des bougies, mais il n'y en avait pas, alors je suis allée fouiller dans les tiroirs du séjour. J'allais renoncer, je voulais déjà refermer le dernier tiroir, mais il n'y avait pas moyen. J'ai dû le vider complètement pour voir, dans tout ce fouillis, ce qui coinçait. C'était cette boîte d'allumettes.

Clara extirpe une petite boîte d'allumettes de la poche arrière de son jean et la dépose sur la table.

Lisbeth la prend et en examine l'inscription. Perplexe, elle dévisage Clara.

– Castello ? l'interroge-t-elle.

– C'est le nom du restaurant italien où j'allais toujours avec Ben. Et là-dessus, il me revient que Beppo, le type qui tient le restaurant, expose de temps en temps des tableaux ou des photographies. Avec de petites étiquettes et de belles petites sommes écrites dessus. Et là, je me dis... que je pourrais peut-être lui montrer mes peintures, à l'occasion. C'est juste une idée... Et même si ça a l'air complètement dingue, j'ai l'impression que... c'est comme si c'était Ben qui m'avait envoyé ce signe. Tu comprends ?

Elle lance un regard interrogateur à Lisbeth. Sa grand-mère affiche un sourire serein sans dire un mot.

– Tu ne dis rien ? se plaint Clara.

– Il n'y a pas grand-chose à dire. Il y a des choses dans la vie qui parlent d'elles-mêmes. Pas besoin de les examiner de près ni de les habiller de mots.

– Ah, Mamie, c'est juste que parfois j'ai peur de dérailler complètement. Tu crois que je suis dingue ?

– Pas du tout, dit Lisbeth en posant une main apaisante sur l'épaule de sa petite-fille qui a l'air un peu désespérée. Vois-tu, la question n'est pas de savoir s'il y a un signe ou non, mais si toi, tu y vois un signe et comment tu l'interprètes.

Clara dévisage sa grand-mère, sceptique.

– Toute pensée positive t'aidera à venir à bout de cette phase de ta vie si éprouvante. Tout ce qui conforte ta croyance au bien en ce moment est d'une importance cruciale. La croyance au bien et à l'amour !

Lisbeth se lève de sa chaise et se penche sur Clara qui est suspendue à ses lèvres.

– Ma chérie, tu as deux possibilités. La première est de croire au bien, à l'inexplicable, la deuxième, de ne croire en rien. Réfléchis sérieusement et demande-toi dans quel cas de figure tu te sens le mieux.

Lisbeth hausse les sourcils et invite Clara à parler d'un mouvement de tête.

Clara hésite un instant, avant de dire :

– Tu as raison. Toute cette souffrance a sûrement un sens plus profond. Il faut croire au bien. Sinon, autant abandonner tout de suite.

# SVEN

– Bon, d'accord, j'ai besoin de ton aide.

– D'abord : bonjour. Oui, merci, j'ai passé un bon week-end, comme c'est gentil de demander ! lance Hilke à son collègue en secouant la tête, ironique, lorsqu'elle arrive au bureau. Alors, de quoi s'agit-il ? Du stress avec Breiding ?

– Non, des infos concernant Mine.

Sven ne sait pas s'il doit savourer à l'avance la réaction de Hilke ou plutôt la redouter.

– Quoi ? Vraiment ? s'exclame Hilke, qui a soudain l'air très réveillée. Raconte, que s'est-il passé ?

– Rien.

– Ooooh, tu me rends folle ! Pourquoi faut-il toujours te tirer les vers du nez ?

– J'ai juste fait quelques recherches parce que je m'ennuyais.

– Et alors ?

– Eh bien ça n'a pas donné grand-chose. Tout ce que je sais, c'est qu'elle habite apparemment dans une ville où il y a un restaurant italien tenu par un certain Beppo, qui fait une pizza appelée « Diavola ».

- Délicieux !

- Tu connais ?

- Oui, un délice, relevée et épicée. La pizza préférée de Robert.

- Et de l'ex-amant de Mine.

- Oui, et après ? demande Hilke, impatiente.

- D'après Internet, il y a quarante-cinq restaurants italiens dans quarante villes différentes en Allemagne dont le propriétaire s'appelle « Giuseppe ». Et je sais qu'au moins trois d'entre eux proposent cette pizza sur leur carte.

- Je vois, tu déduis que « Beppo » est le surnom d'un Giuseppe. Et quoi d'autre ?

- Rien !

- Eh bien, qu'en est-il de Hambourg ? Est-ce que l'une de ces pizzerias est ici ? Je crois qu'il y a aussi un Giuseppe à la pizzeria du coin.

- Tu vois, ça prouve juste qu'il est peu probable de retrouver cet Italien parmi des centaines d'autres, et encore moins d'identifier Mine un jour.

Hilke se renverse sur sa chaise.

- Maintenant, dis-moi franchement, Sven : pourquoi est-ce que tu ne l'appelles pas, tout simplement ? demande-t-elle après une courte pause, avec ce sourire supérieur qu'elle affectionne.

Sven fait la moue et lève les yeux au ciel.

- OK, ce n'est pas une bonne idée, convient Hilke. Et si *moi*, je l'appelais à nouveau ? Sous un autre prétexte ? demande-t-elle de l'air innocent d'un enfant qui prépare un coup.

– Non, ça ne marchera pas. Qu'est-ce que tu veux lui dire, cette fois ? Que tu t'es encore trompée de numéro mais que tu veux quand même savoir son nom ?

– Je pourrais aussi appeler et simplement raccrocher dès qu'elle a répondu par son nom.

– Elle ne répond pas en disant son nom !

– Ha ! Alors tu l'admets enfin ! Tu l'as déjà appelée ! Et tu me fais croire que tu ne t'intéresses pas à elle... t'es gonflé !

– Mais je ne l'ai pas appelée ! rétorque Sven en réfléchissant à la manière de se sortir de la situation. Je pense juste qu'elle est de celles qui répondent par « allô » ou par « oui, bonjour ».

– Eh bien, ça vaudrait le coup de vérifier. C'était quoi, déjà, le numéro ?

Sven dicte le numéro de Mine – moitié à contrecœur, moitié curieux de voir si quelque chose d'utile sortira de cette mission puérile.

– Suspense, suspense ! C'est follement excitant ! Ça sonne ! lui murmure-t-elle d'un air conspirateur.

– J'entends, répond Sven amusé, car sa collègue a mis le volume à fond.

– Oui ?

La voix au bout du fil retentit dans la pièce.

– Euh, la Loterie nationale à l'appareil. Bonjour, madame, euh... je parle avec... ?

Hilke lance à Sven un regard interrogateur. Elle a l'air surexcitée, et Sven se sent soudain archi gêné. Il a envie de partir en courant. Mais il est trop tard pour revenir en arrière. Il montre du doigt, en haussant les épaules, l'affiche accrochée au dos de la porte, qui représente une caricature d'Angela Merkel et de Condoleezza Rice qui font un bras de fer.

Hilke poursuit :

– Est-ce que je parle à Rice, euh, Reis, Cornelia Reis ?

– Non, répond une voix aimable à l'autre bout du fil.

– J'ai une bonne nouvelle pour vous. Vous avez été tirée au sort parmi cinq cents personnes pour participer gratuitement à notre jeu-concours...

– Ça ne m'intéresse pas ! interrompt la voix, qui semble maintenant assez agacée. Je ne suis pas Mme Reis et je ne suis pas assez stupide pour participer à ces idioties. Vous avez dû vous tromper de numéro.

– Excusez-moi, madame, euh... quel est votre nom, si je peux me permettre ?

– Non, vous ne pouvez pas !

– D'accord. Mais cela pourrait être intéressant pour vous que nous comparions vos données, car vous pourriez ainsi, gratuitement et sans engagement de votre...

La voix de plus en plus forte coupe à nouveau la parole à Hilke.

– Je me demande comment vous pouvez concilier un job aussi dégradant avec votre conscience ! Si j'étais vous, je préférerais encore faire des ménages ! Je raccroche !

Hilke est cramoisie. Stupéfaite, elle regarde son téléphone comme s'il y avait là quelque chose d'insoupçonné à découvrir.

Sven se renverse en arrière avec un grand sourire, il croise les mains au-dessus de sa tête et déclare d'un air suffisant :

– Voilà ce que j'appelle un entretien d'investigation réussi. Nous aurions dû appeler nos stagiaires !

Hilke émet un son indéfinissable et jette un regard furieux à Sven.

– Je ne sais pas ce que tu as ! Maintenant, nous savons que Mine ne s'appelle pas Cornelia, qu'elle ne travaille probablement pas dans un centre d'appels et qu'elle n'est ni naïve ni stupide.

Hilke sourit, contente d'elle.

– Oui, génial ! rétorque Sven. Bon, je te laisse, j'ai une réunion. J'y ferai un exposé sur tes techniques d'investigation innovantes.

Hilke attrape son tapis de souris et le lance en direction de Sven. Mais elle le rate de beaucoup, ce qu'il constate en souriant.

Sven sort en secouant la tête. Il a absolument besoin d'air frais et décide d'aller se promener le long de l'Elbe plus tard.

o | o

À l'horizon, on distingue un énorme bateau. Et Sven s'étonne, car il n'a rien lu dans la presse au sujet d'un si grand paquebot qui serait amarré aujourd'hui dans le port de Hambourg.

Depuis peu, il ne lit plus aussi attentivement les incontournables quotidiens. Et au lieu de parcourir consciencieusement d'autres médias de référence et de chercher des thématiques dans les journaux économiques internationaux, il se surprend de plus en plus souvent à rechercher dans les pages culturelles ou dans les annonces des expositions de peintures évoquant la lune ou des restaurants italiens. Même ici, près de l'Elbstraße, il se surprend à scruter chaque enseigne en quête d'une pizzeria.

D'autres jours, pendant ses footings, il fait même des détours ou ralentit l'allure, si bien qu'il perd le rythme et s'énerve ensuite parce qu'il ne peut plus comparer ses temps sur son parcours de dix kilomètres. Il se rend compte qu'il a négligé son entraînement. C'est surtout en natation qu'il a pris du retard. Alors que son premier triathlon est prévu au printemps prochain.

Mais l'histoire de Mine est devenue son nouveau hobby. Un jeu de détective ou un entraînement logique dans lequel une seule variante est la bonne solution.

Cette semaine, les résultats ont été minimes. Hormis le fait qu'un certain Niklas craque devant les tableaux de Mine et qu'elle envisage de se mettre à son compte par on ne sait quelle nécessité, Sven n'a rien appris de plus des deux derniers SMS.

Alors que le bateau continue de se rapprocher, Sven réfléchit à ce que Mine peut bien faire comme boulot. Si elle envisage de se mettre à son compte en peignant d'une manière ou d'une autre, elle pourrait avoir fait les Beaux-Arts ou travailler comme enseignante. Mais quelle enseignante abandonnerait volontairement son statut de fonctionnaire ? Peut-être une enseignante impopulaire et harcelée par ses collègues et ses élèves parce qu'elle porte des jupes en laine bizarres et qu'elle sent la sueur ?

Sven fait une grimace. Non, ça ne lui ressemble pas. Il ne peut pas se l'expliquer exactement, mais Mine lui donne l'impression d'être tout le contraire d'une personne ennuyeuse et peu attirante. Ses messages véhiculent tellement de sensibilité et de vivacité. Elle est sûrement très jolie et d'un âge où l'on a une certaine carrière derrière soi, mais où l'on a encore assez d'élan pour se réaliser dans ce qu'on veut faire.

En attendant, elle doit certainement avoir un statut de salariée. Quelque chose de branché, peut-être dans le design, pour une maison d'édition ou dans la mode.

Tout à coup, Sven pense à une grande amie de Fiona. Il y a quelque temps, elle lui avait demandé de lui donner quelques conseils fiscaux parce qu'elle voulait ouvrir son propre atelier. La boîte pour laquelle elle travaillait avait fait faillite, elle s'est retrouvée au chômage et a essayé de se mettre à son compte grâce aux subventions de création d'entreprise de Pôle Emploi.

À l'époque, Sven ne pouvait guère faire plus que lui indiquer quelques contacts auxquels elle pouvait s'adresser. Mais grâce à son histoire, il a découvert combien de jeunes gens hautement qualifiés acceptent un emploi alimentaire, mais finissent par franchir le pas et se mettre à leur compte. Au cours de ses recherches, Sven avait rassemblé de nombreuses données sur le sujet, qui avaient été appréciées lors de la conférence de rédaction.

Breiding a proposé d'en faire un grand sujet. Puis d'autres thèmes sont passés au premier plan. Avec la crise financière internationale, Sven pense qu'il pourrait remettre le sujet sur le tapis.

Il pourrait peut-être aussi s'adresser à Mine, l'interviewer ou faire d'elle un portrait qui serait représentatif d'un grand nombre de personnes actives.

Sven accélère. Le bateau n'est plus qu'à environ cinq cents mètres.

Voilà, pense Sven, c'est comme ça qu'il va rencontrer Mine ! Maintenant, il a une raison plausible, et surtout anodine, de prendre contact avec elle !

Soudain, la corne sonore et grave du bateau retentit et Sven est tiré de ses pensées. Comme s'il répondait à un appel, il fait demi-tour et rentre au bureau le long de l'Elbe en courant plus vite encore.

# CLARA

Quel lundi pourri ! Il avait pourtant bien commencé.

Clara jette un coup d'œil furieux par la fenêtre de son bureau sans rien fixer de précis. Niklas est un tel enfoiré quelquefois ! peste-t-elle en se félicitant qu'Antje ne soit pas à sa table de travail. Surtout ne rien laisser paraître. Les autres apprendront la nouvelle bien assez tôt. Elle ne se doutait absolument pas que l'agence allait si mal.

– Qu'est-ce que je vais faire maintenant ? se demande Clara à voix basse.

Des dizaines de pensées se bousculent dans sa tête. Elle aurait peut-être dû voir un signe du destin dans l'appel débile de cette bonne femme et son histoire de numéro gagnant. Pour le coup, elle va bientôt avoir besoin d'une belle somme d'argent !

*Sois positive, Clara. Tu as un tel potentiel ! Fais-en quelque chose !* Elle a encore la phrase de son boss dans les oreilles. Et en fin de compte, ce n'est pas à cause de ce qu'il voulait lui dire qu'elle lui en veut tant, mais de la manière dont il l'a fait.

Il a essayé d'embellir la situation en lui vendant son licenciement comme la bonne nouvelle du siècle.

Elle n'aurait jamais dû lui montrer les photos de ses toiles, se dit-elle en se ratatinant sur sa chaise de bureau. Ça fait des heures qu'elle fixe stupidement son écran qui est passé en mode économie d'énergie et affiche alternativement des images d'événements cosmiques, de la Voie lactée, de Mars et de la Lune.

C'est simple, il faut qu'elle parle à quelqu'un.

Katja !

Elle clique sur son nom dans ses favoris et prie intérieurement pour qu'Antje ne revienne pas de sitôt dans leur bureau.

– Salut, ma chérie ! Qu'est-ce qu'il y a ?

– Je te réveille ? Tu as une toute petite voix !

– Je suis en réunion, chuchote Katja.

– Oh, merde ! Rappelle-moi plus tard alors.

– Non, non, ça va. C'est mortel, de toute façon. Je ne peux pas me casser en douce, mais je peux écouter avec l'oreillette. Dis-moi.

– OK, j'essaie de faire court. Je vais me retrouver au chômage !

– Quoi ? s'exclame Katja si fort qu'elle s'est probablement trahie, car Clara l'entend dire : « Excusez-moi, je sais, on est en réunion, mais j'ai une urgence ! »

– Bordel ! dit Clara.

– C'est le bordel, oui, répète Katja, plus bas cette fois. Comment ça, tu vas être au chômage ?

– Niklas m'a... suggéré de partir. Notre concurrent direct nous a piqué notre plus gros client, notre équilibre financier dépendait entièrement de lui.

– Merde, souffle Katja. Tu vas faire quoi ?

– Aucune idée. Des ménages ?

– Ma chérie, arrête tes conneries. Tout le monde sait que tu es douée. Il n'a juste plus les moyens de te payer, parce que tu es son plus gros salaire. Ce qui est déjà un scandale, vu qu'il te paie des clopinettes, et pas toutes les heures sup que tu fais ! s'énerve Katja en haussant de nouveau le ton.

– Ouais. Mais là, je le crois, il n'a pas le choix. Il me l'a juste suggéré – dans un premier temps. Je suis la plus ancienne de la boîte. Il ne peut pas me licencier comme ça pour raison économique, il faut que je sois d'accord, que j'y voie une chance...

– C'est *lui* qui a tourné le truc aussi perfidement ?

– Je lui ai montré mes toiles il n'y a pas longtemps, du coup il prétend que j'ai trop de talent pour rester à moisir toute la journée devant un ordi.

– Hum, remarque, ça fait un bout de temps que je te dis de planter cette boîte qui végète. Tu es chez toi ce soir ? Alors je passe et on se fait un petit brainstorming, OK ? Ils commencent à faire la tronche ici...

– Oui, merci. À tout à l'heure, dit Clara un peu soulagée, en réalisant qu'elle aussi a chuchoté pendant toute la conversation.

o | o

La main de Clara tremble ce même soir, en poussant la porte du restaurant de Beppo. Elle a vainement tenté d'écarter la proposition de Katja, laquelle soutient qu'il est temps pour elle d'affronter les lieux du passé.

Son malaise vient peut-être de ce qu'elle n'a pas mis les pieds ici depuis une éternité. Elle craint de tomber sur quelque chose qui la replongerait dans le trou noir dont elle émerge péniblement, quelque chose qui couperait net cet élan tout neuf qu'elle ressent depuis quelque temps.

Rien que le choc d'aujourd'hui, la perspective de se retrouver brutalement sans revenus assurés, la chamboule complètement ; elle redoute que le fragile regain de vitalité qu'elle a senti poindre ces dernières semaines ne cède à un nouvel accès de dépression. Katja va-t-elle réussir à lui communiquer un peu de son énergie et de son optimisme ?

Ladite Katja est en retard, un grand classique. Et Clara épluche minutieusement la carte bien qu'elle n'ait absolument pas faim.

Que de fois ne s'est-elle pas retrouvée ici avec Ben à se partager une assiette d'antipasti et à se disputer l'unique poivron rouge disposé au milieu - qu'elle finissait pourtant chaque fois par couper en deux parts rigoureusement égales. Généralement l'entrée était si copieuse que Clara calait et forçait Ben à ingurgiter leurs deux plats à lui tout seul.

Lisbeth et Katja ont peut-être raison, se dit Clara en jetant des regards impatients vers la porte du restaurant. D'une manière ou d'une autre, il faut qu'elle essaie de composer avec la situation. Elle ne pourra plus jamais s'attabler ici avec Ben. Mais ce n'est pas une raison pour répudier à jamais les objets familiers, les situations ou les lieux qui lui étaient chers, comme ce restaurant. Il faudrait créer de nouvelles associations d'idées, qui ne génèrent pas de souffrance mais du plaisir. Faire des expériences nouvelles qui seraient positives, afin que son cerveau cesse enfin de classer les événements en un « avant » et un « après ».

Juste au moment où Beppo lui redemande ce qu'il peut lui servir pour l'aider à tromper son attente, Katja fait irruption à sa table.

– Excuse-moi, ma chérie ! J'ai eu un appel et il a fallu que je reste dans la voiture pour téléphoner.

– À un beau jeune homme, je parie, commente Beppo, avant de regagner la cuisine sans attendre de réponse.

Katja le suit un instant des yeux, déconcertée, puis se tourne enfin vers Clara.

Après deux bouteilles de prosecco, les amours de Katja et les perspectives professionnelles de Clara semblent déjà beaucoup plus roses.

Et Beppo, pour sa part, est ravi de pouvoir donner un coup de pouce à Clara. Il lui propose spontanément de mettre les murs de son restaurant à la disposition de ses tableaux.

– Bella, pour toi, je ferais tout, même si tu peignais des croûtes ! Mais tes tableaux sont magnifiques, *carissima*. Les clients vont adorer !

Clara peut même lui montrer sur son téléphone quelques photos de sa série de lunes. Après quoi il prend entre ses mains son visage mince et crispé d'inquiétude et lui embrasse les deux joues, avant d'annoncer :

– *Bambini*, je suis trop content. Tu es une fille superbe. Je crois en toi.

Puis il les convie à sa table pour leur faire goûter une crème brûlée qui sort du four.

Une fois rentrée chez elle, Clara a l'impression qu'elle va éclater tant elle a mangé. Mais l'adhésion de Beppo et de Katja à son travail la motive incroyablement, elle est sur un petit nuage.

Elle ajoute mentalement Ben au répertoire de ses soutiens et commence à lister tous les objectifs qu'elle se fixe encore dans la vie et toutes les choses qu'elle a toujours voulu essayer.

Clara se prépare une tisane pour réfléchir paisiblement. Cela fait si longtemps qu'elle rêve de trouver son style de peinture bien à elle, une patte qui la distingue des autres. Que son travail trouve un écho chez les gens, les touche même au point qu'ils aient envie d'accrocher ses peintures chez eux. Chaque fois qu'elle pose ses toiles les unes à côté des autres dans le long couloir de son appartement et qu'elle les laisse agir tranquillement sur elle, un incroyable sentiment de joie l'envahit. Dans ces moments-là, tout le reste passe à l'arrière-plan et s'estompe dans le lointain. Elle est alors en accord avec elle-même et avec le monde.

Pourquoi ne pas réfléchir sérieusement à une carrière de peintre ? À cette idée, elle sent affluer en elle une énergie ô combien stimulante.

Niklas lui a assuré qu'elle pourrait au début travailler en free-lance pour lui, ce qui lui permettrait d'accéder en douceur à l'indépendance. Dans les premiers temps, elle pourrait continuer à utiliser les locaux et l'infrastructure de l'agence. Niklas semblait avoir pas mal réfléchi à la meilleure manière de l'aider à se séparer du salariat. Si sa proposition est sérieuse, cela réduira fortement les coûts d'une plaquette, d'une page web et des autres supports de communication.

Elle a déjà une commande bien concrète : Beppo lui a demandé cent aquarelles de Lüneburg pour ses cadeaux surprises aux clients.

Ce qui a donné une idée à Katja : pourquoi ne pas proposer de petites réalisations plus abordables en ciblant une autre clientèle ? En pensant à la vogue des photographies artistiques de grossesse et de couples d'amoureux, elle se dit que ça pourrait peut-être marcher aussi avec des tableaux.

Voilà qui donne à Clara matière à réflexion : si elle s'y prend bien et qu'elle réussit à acquérir une certaine notoriété locale autour de Lüneburg et de Hambourg, c'est tout un marché inexploré qui peut s'ouvrir à elle. Elle peut aussi se faire connaître via son site et proposer des portraits, des nus ou tout autre type de réalisations à partir de photographies.

Katja lui suggère d'ailleurs de se construire un réseau professionnel grâce à des plates-formes telles que Xing. Elle-même a pu obtenir nombre de contrats par ce biais. Et enfin, débordant d'enthousiasme à la deuxième bouteille de prosecco, Katja imagine élargir son portfolio d'architecte d'intérieur. Elle pourrait étoffer son offre de services et proposer aussi aux clients de conférer une touche de couleur et une note très personnelle à leur intérieur avec des œuvres que Clara leur dédierait. Et Katja de fantasmer sur tout ce qu'elles allaient pouvoir se payer avec ces revenus annexes. Une euphorie que Clara dut toutefois tempérer, ne se voyant pas attaquer sur tous les fronts en même temps, l'urgence étant d'élaborer un plan détaillé pour se lancer dans une carrière d'artiste et de graphiste free-lance.

Il lui faut donc d'abord recenser le matériau dont elle dispose. Ce qui revient à projeter un méga rangement. Car lorsqu'elle a emménagé ici avec Ben, elle a dû entasser ses cartons et ses tableaux au fond de leur cave tout en longueur. Elle ne pensait pas avoir besoin d'y accéder plus tôt qu'aux divers outils, pots de fleurs et accessoires de vélo.

Soudain la curiosité la pique. Il est tard, certes, mais pourquoi ne pas aller voir tout de suite ?

Elle enfile un pull, prend la clé de la cave et s'engage dans l'escalier.

En pénétrant dans l'espace un peu confiné de leur cave, elle a un petit choc en apercevant le vélo de Ben. Elle s'efforce de se raisonner – *Tu t'imaginais quoi, Clara, qu'il allait se volatiliser comme par enchantement ?* C'est avec ce vélo que Ben a sillonné Lüneburg et les environs. Peu avant sa mort, de plus en plus souvent. Pour la première fois, une idée lui vient : et s'il avait délaissé sa voiture ces derniers mois parce qu'il était plus souvent sous l'emprise de la drogue ?

Le ballon de basket qui roule à ses pieds maintenant, elle l'avait oublié aussi. Ben était parmi les moins grands de l'équipe, mais c'est lui qui sautait le plus haut.

Le basket était son grand hobby, après la musique. Or, environ un an après leur rencontre, il avait tout à coup renoncé à aller aux entraînements. Une décision qui lui apparaît aussi sous un autre jour à présent. Il avait alors prétexté une mésentente avec le nouvel entraîneur.

Clara regarde toutes ces affaires qui la catapultent dans le passé. Est-il seulement possible de considérer celui-ci objectivement ? Mme Ferdinand s'est efforcée de lui faire comprendre qu'elle ne pourra que se façonner sa vérité à elle sur ce qui est arrivé à Ben. Mais puisque c'est à elle de se façonner une vérité, quel visage souhaite-t-elle lui donner ?

Un suicide est-il plus grave qu'un accident ? Ou est-ce le contraire ? La mort qu'on se donne pour fuir une vie devenue insupportable est-elle moins tragique qu'une mort involontaire, exclusivement due à un hasard insupportable ?

Clara s'affaisse sur elle-même et enfouit sa tête dans ses mains.

Ne pas céder aux larmes. S'extirper enfin de ce trou noir, accéder à la lumière.

Retrouver son passé chaleureux et coloré suppose maintenant de se frayer le plus vite possible un passage jusqu'à ses toiles entassées au fond.

Vu qu'aucun carton ne porte le nom de son contenu, il ne lui reste plus qu'à les ouvrir tous. Mais la plupart ne renferment que de la vieille vaisselle ou des trucs inutilisables. Comme celui-ci, rempli d'une foule de câbles - Clara n'a pas la moindre idée de ce que Ben voulait en faire. Autant le monter à l'appartement et le donner à Knut à l'occasion, en espérant que les Chillys auront bientôt le cœur à se reformer.

Au bout d'une demi-heure, elle tombe enfin sur une toile enveloppée d'un vieux drap. Elle écarte l'étoffe, et un rouge formidablement lumineux la ravit, même à la pauvre lumière de la cave. Elle soulève le tableau.

Il donne à voir d'énormes coquelicots, admirés lors d'un de ses nombreux séjours sur la Baltique avec ses grands-parents. Elle n'a fait qu'esquisser les fleurs avec de grands aplats. Instantanément, elles lui restituent un temps où la couleur régnait dans sa vie.

# SVEN

Cela fait dix jours que Mine n'a pas donné signe de vie. Et l'impatience de Sven dégénère peu à peu en activisme aveugle. C'est en tout cas ce que Hilke lui a affirmé en souriant d'un air suffisant.

Il a déjà exploré neuf quartiers de Hambourg à vélo, dans le vague espoir qu'un hasard le mette sur la piste de Mine. Certes, il essaie de se convaincre que ces tours et détours ne sont qu'une préparation supplémentaire à son triathlon. Mais dans son for intérieur, il sait très bien qu'il entreprendrait encore bien d'autres actions insensées pour retrouver cette mystérieuse inconnue.

Mais pourquoi Mine devrait-elle habiter justement à Hambourg ? Elle pourrait tout aussi bien vivre dans n'importe quelle autre ville d'Allemagne, pense Sven avec découragement.

Ces derniers jours, dès qu'il en a eu l'occasion, il a fait des recherches sur le Net pour trouver d'éventuelles références à des expositions de peintures évoquant la lune. Il s'est même rendu de temps à autre sur eBay à la recherche de tableaux de ce genre.

Mais jusque-là, tous ses efforts ont été vains. Tous les restaurants italiens qu'il a ratissés ne l'ont pas avancé non plus.

David, qui tout comme Hilke suit l'histoire avec intérêt, le pousse à appeler directement Mine. Sven n'a qu'à se faire passer pour un journaliste et lui demander une interview. Il lui suffirait de prétendre au téléphone qu'il a entendu dire qu'elle voulait se mettre à son compte. Et s'il indiquait habilement que cet article aurait un effet publicitaire inestimable, cela devrait bien se passer. Il fallait simplement qu'il présente sa requête avec suffisamment de sérieux.

Si c'était aussi simple, pense Sven en éteignant le lampadaire du salon. Il reste dans l'obscurité, songeur. La pluie ruisselle si fort sur les grandes vitres et sur le toit plat qu'un son étrange résonne maintenant dans tout le loft.

Son portrait se reflète dans la vitre et Sven observe son visage pendant un long moment. Il a l'air fatigué. Mais il aime bien la barbe qu'il laisse pousser depuis quelques jours et qui lui donne un air plus mûr.

Soudain, il se redresse. *Si Mine ne donne pas de nouvelles d'ici dimanche soir, je renverse la situation et je l'appelle*, décide-t-il.

Et il sourit à son reflet.

# CLARA

Après une longue balade dans la forêt de Wilschenbruch, Clara s'est assise sur un banc au bord du fleuve et regarde l'eau, épuisée. Elle tient dans la main une enveloppe orange. L'Ilmenau roule devant elle des flots paisibles. Elle va poursuivre son cours jusqu'à Lüneburg, traverser le cœur de ville médiéval, puis elle ira finalement se jeter dans l'Elbe.

Il y a quelques semaines encore, Clara contemplait dans le port de Hambourg avec Dorothea l'étendue grise de l'Elbe. La mort de Ben était alors un mystère complet. C'est aujourd'hui seulement qu'elle a obtenu un éclairage, à la fois apaisant et douloureux puisqu'il indique que Ben s'est très probablement précipité volontairement du balcon.

Comme dans le laps de temps entre l'annonce de la mort de Ben et son enterrement, ces jours derniers Clara était en pilotage automatique. Le début d'euphorie qu'elle ressentait en se projetant dans une carrière de peintre fut réduit à néant par la découverte d'une épaisse pochette dans le carton des instruments de musique. Au recto était écrit en grosses lettres « Privé » et au-dessous, « Prière de ne PAS lire ! »

Clara s'est d'abord demandé si elle ne devait pas pourtant ouvrir la pochette ; peut-être s'agissait-il de quelque secret d'ado ou d'enfant et non de quelque chose d'actuel et de strictement personnel. Mais comment savoir si elle ou la famille de Ben avait un droit naturel sur des informations qui concernaient peut-être sa vie intime ?

Le soir, elle s'est tout de même décidée à l'ouvrir d'une main tremblante et elle en a étalé le contenu sur son lit. Il y avait des notes qui ressemblaient à un journal, quelques photos et des textes de chansons de Ben, ainsi que de vieilles lettres et de vieilles cartes postales. Avant même de commencer à étudier ses trouvailles, Clara comprit la nature des documents sur lesquels elle était tombée. Les dates établissaient que ces témoignages s'étalaient sur plusieurs années. Elle convint immédiatement qu'elle ne pourrait pas ignorer ce « testament ». D'un autre côté, elle ne se voyait pas transgresser froidement la prière de Ben qu'on ne lise pas ces documents et faillir à la loyauté qu'elle lui devait. Qu'on respecte ses désirs, n'était-ce pas pour Ben une chose absolument essentielle ?

Qui plus est, elle redoutait d'apprendre quelque chose de complètement bouleversant. Fallait-il demander à Katja... ou à Dorothea ? Elle sentit confusément qu'elle ne le devait pas.

Cette nuit-là, Clara se tourna et se retourna dans son lit pendant des heures. Aux premières lueurs de l'aube, elle finit par se dire que le mieux serait de confier la pochette à une personne que Ben n'avait pas connue. Quelqu'un qui lirait les documents en toute conscience et serait en mesure de juger si les notes de Ben pouvaient constituer une aide réelle pour ses proches. De cette manière, Clara respecterait au moins partiellement la volonté de Ben.

Soudain la solution du problème lui sembla à portée de main. Le matin même elle appelait sa psychologue et lui demandait si elle consentirait à regarder si le contenu de la pochette était susceptible de les éclairer. Avec son aménité coutumière (qui n'excluait pas la fermeté), Mme Ferdinand lui demanda un jour de réflexion, mais la rappela dès l'après-midi pour lui dire que la suggestion de Clara lui paraissait tout à fait sensée.

Après avoir déposé la pochette à son cabinet, Clara se sentit d'abord soulagée de n'avoir plus ces pièces à la maison. Mais la nuit suivante ne fut pas moins agitée que la précédente. D'un côté elle attendait fébrilement les conclusions de Mme Ferdinand, de l'autre elle était anxieuse de ce qu'elle allait apprendre. Qu'est-ce que ces notes allaient lui révéler de l'état de Ben et de sa vie intime ?

Dès le lendemain matin, Mme Ferdinand la rappelait pour lui demander de passer à son cabinet. Clara avertit Antje qu'elle aurait un peu de retard et se mit en route.

Les jambes en coton, elle entra dans le cabinet de sa psychologue, qui jusqu'ici lui avait toujours fait l'effet d'un lieu rassurant et chaleureux. Mme Ferdinand lui offrit un thé comme à l'accoutumée et la fit asseoir. Elle tenait à la main une enveloppe orange vierge, que Clara avait déjà vue en explorant la pochette de Ben.

Mme Ferdinand la posa sur la petite table basse qui se trouvait entre elles et dit avec un sourire bienveillant :

– Cette lettre est pour vous. Votre ami l'a écrite il y a plus d'un an, mais elle contient peut-être quelques réponses aux questions que vous vous posez.

Clara en eut le souffle coupé. Elle ne savait plus que ressentir, que penser, que dire.

– C'est une lettre d'adieu, poursuivit Mme Ferdinand. Et même si Ben ne vous l'a pas léguée expressément, je pense que c'est à vous de la lire.

– Il y est donc marqué qu'il voulait se tuer ? s'enquit Clara d'une voix pâteuse.

– Pas expressément. Mais je pense que nous pouvons maintenant partir du principe qu'il ne voulait plus de cette vie. Il y a aussi dans ses notes nombre d'indices qui vont dans le sens que je soupçonnais. Peu importe, en fin de compte, qu'il s'agisse d'un accident consécutif à une forte absorption de drogue ou que votre ami se soit précipité consciemment du balcon. Il semble qu'il ait vainement cherché à concilier le côté sombre et le côté lumineux de sa personnalité.

Clara déglutit. Elle sentit les larmes lui venir aux yeux.

– Mademoiselle Sommerfeld, je vous conseille de garder cette lettre et de remettre tous les autres documents à sa famille ; à elle de décider ce qu'elle veut en faire. Vous n'êtes pas obligée de porter seule la responsabilité de ce que vous avez trouvé.

o | o

Maintenant encore, sur ce banc, ces paroles résonnent dans la tête de Clara. Elle fixe l'eau, comme fascinée. Elle repense sans cesse à l'horrible dispute qu'elle a eue avec Ben la nuit où elle l'a vu vivant pour la dernière fois. Et comment elle lui a reproché d'être incapable d'assumer des responsabilités et de ne pas avoir sa vie en main. Elle regrette amèrement chacune des paroles qu'elle a prononcées. Mais contre l'univers morbide de Ben, elle n'était tout bonnement pas de taille.

Elle tient toujours sa lettre d'adieu dans sa main. Brusquement, elle se décide à l'ouvrir enfin.

Fébrilement, elle sort de l'enveloppe une feuille blanche manuscrite et commence à lire :

*Chère Clara !*
*Quand tu liras ceci, je ne serai plus là, et je regrette d'être trop lâche pour te dire la vérité en face.*
*La vérité, c'est que depuis l'âge de quinze ans je suis obsédé par mon prochain trip. Je me traîne de l'un à l'autre, et l'entre-deux est une misère que je ne peux plus supporter.*
*Je ne veux pas t'entraîner davantage dans ma vie complètement bousillée. Il n'y a aucune raison que tu me respectes plus que je ne me respecte moi. Je me hais. Je me hais pour tout ça et surtout de ne pas pouvoir t'aimer comme tu le mérites.*
*Poursuis ton chemin. Le mien touche à sa fin.*

*Fais attention à toi, d'accord ?*
*Ben*

Clara pleure. Elle pleure sans un sanglot, en silence et très longtemps. Puis elle respire à fond plusieurs fois. Elle lève brièvement les yeux vers le ciel couvert de nuages et fait de la lettre un petit bateau.

Elle sait que les mots de Ben resteront gravés dans son cœur. Mais elle veut se débarrasser de ce papier, car il atteste irrémédiablement combien elle a peu connu l'homme qu'elle voulait épouser et combien les bases de leur amour étaient friables.

Clara fait quelques pas vers la rive en contrebas, ôte la bague de son doigt, l'embrasse doucement et la pose à la proue du petit esquif de papier. Précautionneusement elle le dépose sur l'eau. Il gîte d'abord dangereusement, menaçant de se coucher et de couler. Mais après avoir fait un petit tour sur lui-même, l'eau le propulse en avant. À petits mouvements heurtés, il s'insère ensuite dans le courant.

Les yeux brouillés, Clara suit le petit point blanc. Quand le frêle esquif disparaît dans un méandre de la rivière, une petite brèche s'ouvre dans les nuages, et la lumière du soleil s'y fraie un chemin.

En cette fin d'après-midi dont elle pensait qu'elle resterait sombre et morne, quelques rayons solaires percent enfin la couverture nuageuse. Un sourire tremblant sur le visage, les genoux flageolants, Clara reprend le chemin de la maison.

# SVEN

En traversant les ponts de l'Elbe en direction du sud, Sven éclate de rire, à sa grande surprise. Il n'arrive toujours pas à croire qu'il a vraiment quitté le travail plus tôt et demandé à Hilke de lui prêter sa voiture.

– Lüneburg ! C'est très probablement Lüneburg !

C'est par ces mots qu'il avait accueilli sa collègue au bureau ce matin. Excité comme un gamin, il a parlé du dernier SMS de Mine.

– En fait, elle s'appelle Clara. Clara avec un C. Donc probablement la même Clara qui voulait s'occuper de ce Theo.

Il passa souverainement sur le sourire insolent que Hilke affichait de nouveau en insinuant qu'il était amoureux d'une inconnue et qu'il était donc jaloux. Elle pouvait se moquer de lui, ça lui était égal. La seule chose qui l'intéressait était de savoir si Hilke était prête à renoncer à sa voiture pour une soirée.

Elle aurait préféré l'accompagner, bien sûr. Mais Sven est content qu'elle soit invitée avec son mari chez sa belle-mère, comme ça il pourra continuer tranquillement ses recherches, sans entendre constamment ses commentaires énervants.

Le voilà donc en route pour Lüneburg, à la recherche de Mine. Le fait que ce soit justement dans une vieille Opel ringarde tempère légèrement son euphorie d'adolescent. Mais depuis hier que le SMS est arrivé, il est quasiment obsédé par l'idée de céder à ses sentiments et de faire quelque chose de complètement fou. Quelque chose qui ressemble à la vie et dont il ne se serait jamais cru capable avant.

L'espace d'un instant, il regarde l'eau scintillante et pense immédiatement aux mots de Clara. Bien que le message l'ait touché comme la plupart des précédents, celui-là était différent. Il ressemblait à une Mine pleine d'une nostalgie naïve et de mots kitsch. Mais en même temps, cette Clara semblait être la femme adulte et expérimentée que Sven a toujours soupçonnée derrière Mine.

L'heure à laquelle le SMS est arrivé était également nouvelle. Alors que Sven cherchait les mots justes pour un éventuel appel, son téléphone, qu'il n'avait pratiquement pas quitté des yeux depuis des jours, s'était mis à biper.

Même s'il ne sait pas vraiment comment procéder, Sven sent qu'il peut se rapprocher un peu plus du monde de Clara.

Mais en fait, il est déjà bien plus proche d'elle qu'il n'aurait osé l'espérer !

Lüneburg est à moins de cinquante kilomètres de Hambourg, et Sven se demande pourquoi il ne s'est pas rendu dans cette petite ville hanséatique depuis un voyage scolaire il y a bien longtemps. Lüneburg aurait, paraît-il, la plus grande densité de restaurants en Europe. C'est en tout cas ce que Sven a appris aujourd'hui en faisant des recherches. Sur Internet, il a essayé de trouver tous les restos italiens qui exposent des tableaux.

Alors qu'il roule maintenant sur l'autoroute, il s'imagine qu'il aborde une jeune femme dans la rue et lui demande si elle connaît un bon restaurant italien. Dans son scénario, elle l'accompagnerait alors spontanément là-bas et se révélerait finalement être Clara.

Sven ne peut s'empêcher de sourire à ces pensées stupides. Il monte le son de la radio au maximum, alors qu'il n'aime même pas la chanson qui passe. Mais il trouve tout aussi ennuyeuse la minable collection de CD de Hilke, qui ne contient guère que des tubes de comédies musicales et de rock ringard. Mais ce soir, ça lui est égal. Aujourd'hui, tout est différent. Il pourrait courir un marathon en moins de trois heures tant il se sent plein d'énergie !

Ce n'est que lorsqu'il passe devant Winsen que Sven se demande s'il ne ferait pas mieux de rentrer chez lui et d'en rester là. Que se passera-t-il si ses recherches aboutissent et qu'il se retrouve soudain face à la vraie Clara ? Qu'est-ce qu'il va dire ? Est-ce qu'elle lui sera sympathique ? Et si elle n'a pas seulement l'air stupide mais qu'en plus elle l'est ? Ou pire : et si Clara est une personne si merveilleuse qu'il ne trouve rien à lui dire de sensé qui ne ressemble pas à une tentative de drague trop grossière ?

Alors qu'il passe en revue d'autres éventualités dans sa tête, le temps file apparemment si vite qu'il sursaute en voyant soudain « Lüneburg Nord » sur un panneau. Il suit les pancartes en direction du centre-ville jusqu'à ce qu'il doive s'arrêter à un feu rouge. Sven hésite. Doit-il l'interpréter comme un signe et faire tout de suite demi-tour ?

Mais instinctivement, au feu vert son pied appuie sur la pédale d'accélérateur. Moins de cinq minutes plus tard, il trouve à se garer sur une petite place située directement dans la zone piétonne. Avant de descendre, il regarde l'écran de son téléphone pour lire une dernière fois le message de Clara.

**Oh, Ben, je suis vraiment désolée de ne pas avoir pu t'aider. S'il y a quelque chose à pardonner, je le fais. Et je te promets de faire de mon mieux. Tes mots coulent maintenant dans l'Ilmenau, mais je te porte à jamais dans mon cœur. Clara**

Les mots le touchent. *Clara pourra-t-elle aussi me pardonner ?* se demande Sven.

Il inspire profondément, descend de la voiture... et c'est parti !

# CLARA

– Celle-là, il faut absolument qu'elle y soit ! clame fièrement Karine, dont les yeux brillent en brandissant une toile carrée figurant dans des couleurs crues, insolites, un bout de la plage de Hohwacht.

Clara n'aime pas particulièrement ce tableau. Elle l'a peint en se souvenant de ses vacances au bord de la Baltique, à un moment où elle se sentait abandonnée par sa mère une fois de plus. Certes, elle avait aimé ces balades sur la plage avec Lisbeth et Willy, mais ces journées de vacances drainaient tout un lot de rancœurs et de reproches voilés.

Sa grand-mère, qui n'émettait jamais une critique, mais dont les regards et les mimiques montraient assez qu'elle ne comprenait pas sa bru. Opa qui se plaignait tout bas à Lisbeth derrière la porte fermée de leur chambre à coucher que Karine leur abandonne si souvent sa fille encore si petite qui avait tellement besoin de sa mère.

Ce serait vraiment l'occasion de parler enfin ouvertement à sa mère, d'essayer de trouver les mots, se dit Clara en fixant le tableau, songeuse. Mais depuis la lettre de Ben, elle n'a plus aucune énergie – et encore moins celle de se quereller avec sa mère.

Les semaines de ce début d'été ont beau être particulièrement clémentes, Clara se sent comme dans ces pires jours d'hiver qui distillent la mélancolie, laquelle, elle le craint bien, n'est pas près de la quitter.

– Eh, qu'est-ce qui t'arrive ? lui demande brusquement sa mère, et l'exclamation résonne comme une provocation aux oreilles de Clara.

Elle se retient de tout déballer d'un coup : son compagnon mort, sa mère indigne, le chômage qui la guette, et sa conviction de ne jamais trouver un homme avec qui fonder une famille. Elle est tragiquement seule !

Et se borne à marmonner :

– Rien. Suis juste fatiguée.

– Cela n'a rien d'étonnant, tu manques terriblement de sommeil. Et tu ne te nourris pas convenablement non plus, je parie ?

– Finalement, je me demande bien ce qu'on est venues faire ici, ronchonne Clara.

Sa mère essaie de lui arracher un sourire :

– Oh, ma chérie, c'est normal d'avoir des doutes. Mais tu es sur le point de transformer ton hobby en profession : n'est-ce pas fantastique ? Beaucoup de gens aimeraient être à ta place.

– Je sais. Et je ne veux pas avoir l'air ingrate. Mais si je dilapidais tout l'argent de Lisbeth et Willy ?

Elle ne tient plus debout. Ses jambes la trahissent. Lentement elle se laisse glisser le long du mur et s'accroupit sur le sol du long couloir étroit. Là, elle se sent encore plus minable. Elle revoit les visages rayonnants de Lisbeth et Willy lui annonçant fièrement qu'ils aimeraient bien utiliser l'héritage pour l'aider à se lancer.

– Mais ils sont si heureux de te donner cet argent ! Ils ne comptaient absolument pas sur cet héritage. Une somme pareille, en plus ! Et toi, tu peux en faire quelque chose de vraiment sensé.

– Et s'ils faisaient un voyage autour du monde avec, par exemple, ce serait moins sensé ?

Sa mère s'agenouille à côté d'elle et la dévisage affectueusement.

– Mais, mon trésor, qu'est-ce que tu ferais, toi, à leur place ? Tu ne crois pas qu'ils donneraient tout au monde pour te voir retrouver ton insouciance ?

Clara se sent encore rapetisser. Elle lutte contre l'envie de se laisser simplement aller dans les bras de sa mère et de dormir enfin. Que sa mère ne la laisse plus jamais seule. Clara est complètement perdue. Toutes ces peintures autour d'elle regorgent d'émotions – mais à vrai dire elles parlent toujours des mêmes sentiments.

– Pourquoi tu t'es toujours débarrassée de moi en me laissant chez eux ?

La phrase a fusé sans qu'elle le veuille. Incapable de croiser le regard de sa mère, Clara enfouit sa figure dans ses mains.

– Qu'est-ce que... ? Je me suis *débarrassée* de toi ? répète Karine tout bas, d'une voix presque inaudible. Je croyais que tu aimais être chez tes grands-parents !

Clara lève les yeux et regarde sa mère droit dans les yeux cette fois. Son visage s'est assombri.

– Bien sûr que j'aimais. Eux au moins, ils étaient là quand j'avais besoin d'eux.

Suit un lourd silence.

– Et moi, je n'étais pas là quand tu avais besoin de moi ? demande sa mère, stupéfaite, en s'asseyant par terre à côté d'elle.

Clara déglutit. Elle a les larmes aux yeux, mais tente de toutes ses forces de les refouler.

Karine insiste :

– Mais qu'est-ce qui se passe dans cette tête ? Tu peux m'expliquer ?

– De toute façon ça t'est complètement égal.

– Quoi ! Mais qu'est-ce que je t'ai fait ? J'ai dit quelque chose qu'il ne fallait pas ?

– Tu n'as rien dit du tout ! C'est bien là le problème...

Clara fixe sa mère avec colère.

– Mais pour l'amour du ciel, à propos de quoi je n'ai rien dit ?

– Par exemple, pourquoi tu es partie comme ça, quand papa est mort ?

Karine est d'abord sans voix devant le reproche, les mots lui restent dans la gorge. Puis elle se relève, baisse les yeux sur sa fille et dit gravement :

– Tu penses que je me suis payé des petites vacances en te laissant faire ton deuil toute seule avec Lisbeth et Willy, c'est ça ?

Clara fixe le sol, gênée. Une larme roule sur sa joue, elle hausse les épaules.

– Mais tu sais bien que j'avais besoin de prendre de la distance ! J'étais sûre que tu n'aurais pas pu être mieux que chez eux.

– N'empêche que j'étais toute seule.

– Et moi, j'étais dépassée. Comment j'aurais pu t'être un soutien quelconque alors que j'étais complètement déboussolée ?

– Arrête ! Tu étais bien contente que papa soit enfin parti !

– Clara ! crie Karine, sur un ton que sa fille n'a encore jamais entendu.

Cette dernière se redresse et lui fait face.

– À part à l'enterrement, je ne t'ai pas vue pleurer une seule fois !

Instantanément elle regrette ses paroles, leur dureté, et se mord les lèvres.

Karine la fixe, sidérée, la commissure de ses lèvres tremble, elle pose une main sur le bras de sa fille.

– Clara, je t'en prie, crois-moi : j'ai encore la gorge nouée quand je pense aux souffrances de ton père. Effectivement, j'ai été soulagée quand il a arrêté de souffrir. Mais je n'ai jamais cessé de l'aimer – exactement comme je n'ai jamais cessé de t'aimer. (Sa voix aussi tremble à présent. Au bout d'un instant, elle poursuit :) Si tu savais le nombre de fois où j'ai pleuré en silence alors que tu dormais depuis longtemps !

Clara expire bruyamment l'air qu'elle a retenu tout ce temps.

– Mais pourquoi tu n'as jamais rien dit ?

– Je me suis toujours arrangée pour que tout ça t'affecte le moins possible. Ça a commencé quand ton père m'a instamment priée de te cacher autant que possible qu'il était malade. Et il avait raison. Nous ne voulions pas te priver de ton insouciance de petite fille.

– Mais ça n'a peut-être fait qu'aggraver les choses.

– Ah, ma chérie, viens ici ! chuchote Karine en la prenant dans ses bras – un geste doux, mais si ferme que Clara redevient un instant toute petite, toute faible.

Soudain les mots lui manquent pour tout ce qu'elle voulait encore lui dire. Elle ne peut plus retenir ses larmes. Mais pour la première fois de sa vie, elle a l'impression que sa mère comprend, sans qu'elle ait besoin de tenter en vain de le lui expliquer.

Karine lui caresse les cheveux et poursuit à voix basse :

– Je sais que je n'ai pas toujours fait ce qu'il fallait à l'époque. Mais j'étais comme toutes les mères, je voulais le bien de mon enfant. Toi aussi, tu essaierais de ménager ta fille dans la mesure du possible.

– Moi, je n'aurai sans doute jamais d'enfant ! articule faiblement Clara, la figure toujours enfouie dans l'épaule de sa mère.

– Bien sûr que si, si tu le désires. Tu auras un nouvel amour. Différent, mais qui te donnera sûrement un enfant. Et je te souhaite qu'il soit aussi merveilleux que tu l'es, toi. C'est exactement pour ça que Lisbeth et Willy te donnent cet argent – parce que, avec toi, il est entre de bonnes mains et qu'ils t'aiment plus que tout.

Clara est à bout de forces. Incapable de dire un mot. Elle sanglote si fort qu'elle a du mal à respirer.

Maintenant qu'elle a osé confier à sa mère son désir d'enfant inassouvi, elle comprend combien le sujet la travaille secrètement. Elle a toujours pensé qu'en consentant à épouser Ben elle consentait du même coup à avoir un enfant. Car lui aussi en voulait, elle le savait.

Dès leur deuxième rendez-vous au Cheers, elle était impressionnée par la nonchalante sobriété avec laquelle Ben formulait les choses essentielles de la vie. Il l'avait raccompagnée chez elle, embrassée longuement dans l'entrée et lui avait demandé à voir toutes les pièces de l'appartement. Y compris la chambre à coucher. Et devant une photo de Clara petite, il s'était immobilisé.

– Quand je serai grand, moi aussi, je veux des petits monstres craquants comme ça. Et toi ?

En y repensant, Clara ne peut réprimer un sourire. Mais il n'est pas dénué d'une certaine amertume. Qu'ils étaient naïfs ! Ils n'avaient pas abordé une seule fois le sujet concrètement, en adultes responsables.

N'empêche que pendant toutes ces années avec Ben elle n'a jamais douté de son propre désir d'enfant, elle éprouvait même une certaine commisération à l'égard des gens comme Katja qui ont décidé de ne pas en avoir. Et si elle trouve insupportables aujourd'hui certaines anciennes amies parce que leur monde tourne exclusivement autour de leur progéniture, elle s'est toujours imaginé qu'elle-même s'en sortirait autrement. Elle voulait continuer à travailler et non devenir une de ces mères littéralement obsédées par les couches et les histoires de bébé. Et elle se réjouissait d'avoir trouvé en Ben un compagnon qui soit sur la même longueur d'onde.

Or depuis la lettre d'adieu son pressentiment s'est confirmé : les enfants auraient signifié une responsabilité, et le sujet était sans doute trop pesant pour Ben. À moins qu'il n'ait été plus clairvoyant qu'elle ? Qu'il ait su ou vaguement pressenti qu'ils étaient tous les deux encore bien trop englués dans leur propre enfance ? Auraient-ils été capables de donner à un petit être le sentiment de sécurité élémentaire dont il a besoin ?

Elle a une boule dans la gorge. Après tout ce qui s'est passé ces derniers mois, le désir d'enfant a perdu sa priorité, et pour la première fois de sa vie elle n'est même plus sûre de vouloir être mère un jour. Elle se sent comme à un carrefour où convergent un tas d'embranchements dont la destination n'est pas indiquée.

Mais quel bonheur d'avoir sa famille ! Sa mère, ses grands-parents. Elle est soudain envahie d'un tel sentiment de reconnaissance qu'elle étreint sa mère encore plus fort. Enfin elle n'a plus peur de se montrer à elle toute petite et toute faible. Et quelle chance d'avoir reçu de Lisbeth et Willy un cadeau aussi généreux ! Il lui permettra de payer quelque temps le loyer d'un atelier, au cas où sa situation professionnelle ne s'avérerait pas aussi florissante qu'elle l'espère.

Clara sent affluer en elle une énergie toute neuve. Elle esquisse un signe de tête complice à l'attention de sa mère. Dès demain elle embarque ses plus belles toiles dans sa voiture et les apporte à Beppo.

Elle se dit qu'elle pourrait peut-être aussi inviter famille et amis au Castello. Fêter pendant ce week-end le début de sa liberté professionnelle et les remercier en même temps de leur aide si précieuse. En fin de compte, ce samedi offre même une opportunité idéale. Puisque samedi, c'est son anniversaire.

Jusque-là cette échéance l'inquiétait plutôt. C'est son premier anniversaire sans Ben, et après l'incroyable fête de l'année dernière elle se demandait ce qu'elle allait faire cette année. Or voilà qu'elle a même maintenant une raison de s'en réjouir !

Clara décide d'annoncer cette bonne nouvelle à Ben dès aujourd'hui.

# SVEN

Il regarde, songeur, par la fenêtre de son bureau les nombreuses grues de chantier qui travaillent sans relâche. Une fois de plus, ses pensées tournent autour de Clara et de la soirée d'hier à Lüneburg.

Il a marché pendant plus de trois heures dans la vieille ville. Et plus il arpentait les rues, plus l'atmosphère qui se dégageait de toutes ces petites maisons médiévales lui paraissait à la fois charmante et inquiétante. C'est dans ce contexte qu'il s'était mis à la recherche d'une femme dont il ne savait même pas à quoi elle ressemblait, ni si elle existait vraiment. Il savait certes que vivait à Lüneburg une Clara dont le cœur était brisé et qui le fascinait malgré tout, ou justement à cause de cela. Mais il ignorait complètement si l'image qu'il se faisait de cette Clara imaginaire correspondait, même de loin, à la personne réelle.

Sven aimerait tellement savoir comment elle parvient à gérer sa situation ! Même s'il ne sait presque rien de sa relation avec ce fameux Ben, il se doute que Clara exprime ce qu'elle ressent dans ses SMS et certainement aussi dans ses tableaux.

Lors des rares conversations avec des passants au sujet de l'artiste prénommée « Clara » qu'il recherche, il est resté étrangement très discret. Comme s'il avait peur de se rapprocher de cette vraie Clara.

Mais même au bout de deux heures, il ne s'était pas rapproché d'elle. Aucune trace d'une jeune artiste talentueuse prénommée « Clara ». Sven avait fini par s'asseoir dans un bistrot.

Dans les rues étroites, il y avait beaucoup d'établissements assez identiques. Sven trouva le Cheers particulièrement accueillant. Il commanda un steak et une bière blonde, tout en lisant attentivement le journal régional. Il se dit que le hasard le mettrait peut-être sur une piste intéressante.

Mais ce hasard ne se produisit qu'une heure et demie plus tard, alors qu'il prenait déjà la route du retour, frustré, et sortait de la ville en direction de l'autoroute. Il s'arrêta à un grand carrefour où il aurait dû tourner à gauche. Alors qu'il se demandait s'il devait prendre une autre route, son téléphone portable lui signala la réception d'un SMS.

**Merci de m'avoir emmenée une fois de plus au Castello. J'y fêterai de mon mieux mon anniversaire – comme toi l'année dernière, je te le promets ! M.**

Sven a failli pousser un cri de joie. Son voyage à Lüneburg n'avait pas été inutile ! Il allait immédiatement chercher ce Castello.

Au même moment, le feu passa au vert. En souriant, il se dit que c'était le signe et démarra. Il s'arrêta brièvement à la station-service la plus proche et demanda le chemin du restaurant.

Et en effet, au bout de trente minutes, il remarqua un panneau sur le côté droit de la route. « Castello - plats et vins italiens » était inscrit au-dessus d'une porte en bois. Comme elle n'était pas éclairée, Sven ralentit, ce qui lui valut aussitôt un violent coup de klaxon de l'automobiliste derrière lui. En temps normal, Sven aurait réagi violemment et insulté le conducteur. Mais il était tellement heureux de sa découverte qu'il se laissa dépasser sans broncher et suivit consciencieusement le chemin, assez long, jusqu'au Castello.

Le cœur battant, il se rendit directement sur le parking et constata immédiatement que l'établissement était fermé. Mais le sentiment d'être au bon endroit était si fascinant qu'il n'était pas prêt à se démonter.

Il coupa le moteur et se dirigea vers l'entrée pour voir les heures d'ouverture. *C'est fermé le lundi. Normal*, pensa Sven.

Sur le mur à gauche de l'entrée, le menu était affiché. Comme la lumière de la rue ne parvenait que difficilement dans ce coin sombre, Sven eut du mal à le déchiffrer. Mais il trouva à la fois une pizza Diavola sur la carte et le nom des propriétaires : Giuseppe & Marina Ventorino. *« Beppo » est bien le diminutif de Giuseppe*, pensa Sven, tout content.

Il essaya de jeter un coup d'œil par les petites fenêtres. À ce qu'il put voir, il y avait bien quelques tableaux sur les murs du restaurant, mais aucun représentant la lune. Néanmoins, il savait maintenant où il pouvait commencer à se rapprocher de Clara.

Détendu et satisfait, il reprit la route pour Hambourg. Il ne put s'empêcher d'esquisser un large sourire lorsqu'il alluma la radio et que la chanson « Wish You Were Here » de Pink Floyd retentit soudain. Il se mit à chanter à tue-tête, d'excellente humeur.

o | o

– Tu as fini ?

C'est la quatrième fois que Hilke lui pose cette question agaçante. Il détache enfin les yeux des grues du port de Hambourg et se tourne vers sa collègue qui fouille désespérément dans son sac à main à la recherche de ses clés de voiture.

– Avoue, lance-t-elle, stressée, tu as caché mes clés pour pouvoir retourner à Lüneburg sans moi. C'est ça ?

Sven la regarde en secouant la tête, agacé. En fait, il doit encore finir de rédiger un mail important, mais il a déjà eu beaucoup de mal à se concentrer toute la journée. Même s'il essaie de cacher sa nervosité, il a l'impression que tout le monde peut voir à dix mètres à la ronde à quel point il est bouleversé.

Dans quelques instants, il se rendra à Lüneburg avec sa collègue pour aller dîner au Castello. Sven espère que le propriétaire lui en apprendra plus sur Clara. Déjà au téléphone cet après-midi, Giuseppe Ventorino correspondait tout à fait au cliché de l'Italien bavard. Il ne semblait pas du tout étonné qu'un journaliste s'intéresse à des tableaux qui n'étaient pas encore exposés dans son restaurant. Il lui a volontiers précisé que la jeune artiste mettrait ses œuvres très réussies à sa disposition dès la semaine prochaine. Il s'extasia sur la « *bella ragazza* » et sur son travail, si bien que Sven pensa tout de suite que le restaurateur ne pensait pas seulement à décorer ses murs nus, mais comptait aussi sur une provision intéressante si les tableaux se vendaient bien.

– Voilà, je les ai. On peut y aller ! dit Hilke sur un ton de commandant de l'armée allemande.

– Tu me stresses ! Est-ce que je peux finir d'écrire ce mail au secrétaire d'État ? demande Sven sur le même ton.

Mais Hilke n'est pas du tout impressionnée.

Vingt minutes plus tard, ils quittent l'A1 pour l'A250 en direction de Lüneburg. Sven est ravi de voir que Hilke est tout le temps pendue à son portable. Elle essaie de calmer sa belle-mère qui s'est disputée avec son fils lors du dernier repas de famille. Ce qui ne plaît pas à Sven, c'est que Hilke le fasse sans kit mains libres et à une vitesse ressentie de deux cent vingt kilomètres-heure.

Il a enfin l'occasion de se rapprocher de la mystérieuse Clara, et si Hilke continue à rouler à cette vitesse, il risque d'avoir un accident juste avant d'atteindre son but. D'un geste, il tente de l'inciter à ralentir un peu. Mais elle semble au moins aussi pressée que lui.

Hilke est trop curieuse, pense Sven. Bien sûr, elle a aussi entendu la conversation téléphonique avec Beppo – Sven avait mis le haut-parleur. Mais Sven doit admettre que ce soir elle lui est d'une grande aide. Même si toutes les questions ne pourront peut-être pas être éclaircies, il aura au moins fait un pas vers Clara.

Beppo lui a déjà appris que le nom de famille de Clara est « Sommerfeld ». Et si l'employé à l'état civil de Lüneburg n'avait pas fait l'important au téléphone et avait fermé les yeux, Sven connaîtrait depuis longtemps son adresse ou au moins sa date de naissance. Malheureusement, Internet ne lui a pas non plus fourni de renseignements utiles, et encore moins de photo.

Clara n'a donc toujours pas de visage. Sven aimerait bien discuter avec Hilke pour savoir si elle est blonde ou brune, mince ou ronde, attirante ou antipathique.

Mais il préfère s'abstenir. Hilke a certes terminé son appel téléphonique, mais chaque fois qu'une voiture se déporte devant eux, Sven appuie sur le frein dans sa tête et se crispe encore plus sur son siège. Hilke, elle, ne se laisse pas décontenancer et, au volant de son Opel, fonce en un temps record d'une ville hanséatique à l'autre.

- C'est parce que tu as faim que tu es si pressée ? demande prudemment Sven.

- Ha, ha ! Je suis tellement excitée que je ne pourrais rien avaler, répond Hilke.

- Mais on va devoir manger quelque chose. On ne va pas se présenter comme les inspecteurs d'une série policière et poser des questions indiscrètes, rétorque-t-il.

- On va prendre la prochaine sortie, se contente de répondre Hilke.

Sven commence à se sentir vraiment mal à l'aise. Il déglutit. Et si Clara se trouvait par hasard dans le restaurant ? se demande-t-il. Il serait complètement dépassé par la situation, ne serait-ce qu'à cause de la présence de Hilke, qui lui reproche constamment de se comporter comme un ado avant sa première déclaration d'amour.

Lorsqu'ils s'engagent finalement dans l'allée du restaurant et que Sven voit le panneau éclairé, les battements de son cœur s'accélèrent. La pudeur qui le gagne en présence de Hilke - car elle l'observe à la loupe lorsqu'il s'agit de femmes - cède le pas à la nervosité.

Ils se garent devant le restaurant et la vue de l'entrée semble déjà étrangement familière à Sven.

Galant, il tient la porte à Hilke, la suit dans le restaurant et se dirige directement vers un petit gros qui correspond tout à fait à l'idée que Sven se faisait de Beppo au téléphone.

- Bonsoir. J'ai réservé une table.

- *Un momento*, s'il vous plaît ! dit l'homme en faisant un signe de tête à une charmante serveuse qui, avec ses cheveux blond clair, a tout sauf l'air italienne.

- Bonsoir, dit-elle, aimable. Vous avez réservé une table ?

- Oui, au nom de « Lehmann ».

Elle regarde dans un cahier, raye un nom et dit :

- Venez, c'est par là. Ou préférez-vous être dehors, sur la terrasse ?

- Non, répondent en chœur Hilke et Sven et ils se regardent, gênés.

Ils entrent ensuite dans une salle agréable, aménagée avec goût, avec une dizaine de tables dont la moitié environ est occupée. De l'autre côté du couloir, on entend des voix et des rires qui laissent penser qu'il y a plus de monde. Apparemment, en plus de ces places et de celles à l'extérieur, il y a d'autres salles, pense Sven.

Il laisse le garçon lui enlever sa veste tant bien que mal et prend place en face de Hilke. Tandis que la sympathique serveuse allume les bougies et demande s'ils souhaitent un apéritif, Sven regarde autour de lui. Pas de tableaux de Clara en vue. Mais, contrairement à la veille, les murs sont nus. Il y a juste des petits miroirs d'un côté, chacun encadré de jolis chandeliers métalliques dans lesquels brûlent de grandes bougies blanches. Sur le mur de la baie vitrée, on peut voir une horloge visiblement très ancienne et deux reproductions de Monet.

Hilke semble avoir remarqué la déception de Sven et s'adresse sans détour à la serveuse qui vient de leur tendre les menus.

- Dites-moi, j'ai entendu dire qu'il y aurait prochainement des tableaux d'une jeune artiste ici ?

La femme sourit et répond :

- Oui, Clara Sommerfeld. Ce sont de très belles toiles. L'exposition n'est pas encore officiellement ouverte, mais il y a déjà quelques tableaux accrochés à côté, dans notre salle des fêtes.

- Est-ce que nous pourrions y jeter un coup d'œil ? demande Hilke avec un sourire irrésistible.

Et Sven craint déjà qu'elle ne se lève pour aller voir.

- Oh, ça devrait être possible. Mais il y a une soirée privée en ce moment. Si vous pouvez attendre un peu ?

- Voilà ce qu'on appelle mettre la patience à rude épreuve ! murmure Hilke à Sven avec un sourire narquois.

Sven jette un coup d'œil furtif à la carte.

Hilke affiche de nouveau son fameux sourire en commandant, un peu plus tard, un verre de vin avec de l'eau gazeuse, un carpaccio et, comme plat principal, une pizza Diavola. Sven se sent un peu dépassé et commande sans plus réfléchir des hors-d'œuvre variés, un filet de bœuf au gorgonzola, une bière blonde et un whisky.

Hilke le regarde, surprise. Bien que Sven éprouve le besoin de se justifier pour le whisky, il y renonce car cela ne ferait que rendre toute cette scène encore plus pénible. Il réfléchit fébrilement à la manière la plus habile d'orienter la conversation vers des sujets professionnels ou anodins, quand Hilke se lève d'un bond, sourit à nouveau et dit :

– Il faut que j'aille aux toilettes !

Sven regarde à nouveau autour de lui et, peu à peu, il ressent un sentiment de bien-être. Il se dit que Clara a bon goût si c'est son endroit préféré. À l'idée qu'elle soit venue ici récemment pour installer ses tableaux, il a un petit sourire songeur. Il se sent soudain comme un gamin impatient la veille de Noël.

Au bout de ce qui lui semble être une éternité, Hilke revient à la table.

– C'est pas croyable ! Vraiment cool. Je le savais : cette femme est douée !

– Tu n'es quand même pas allée dans la salle des fêtes ? s'exclame Sven, qui a soudain envie de disparaître.

– Ne t'inquiète pas, personne ne m'a remarquée.

– Alors, les tableaux sont vraiment bien ? demande Sven, incapable de cacher sa curiosité.

– Oui, ne serait-ce que les couleurs : parfaites ! J'en accrocherais bien un dans mon appartement. Ou dans le bureau, histoire de voir, pour changer, quelque chose de vraiment beau, répond Hilke en envoyant à Sven un de ses baisers taquins.

Avant même que Sven ne puisse répliquer, la serveuse arrive à leur table avec les boissons, le pain et le beurre.

– À une soirée réussie ! dit Hilke d'un air suffisant, en levant son verre avant d'ajouter aussitôt : T'as pas intérêt à en rester là !

o | o

Bien que, après les hors-d'œuvre, il ait aussi envie d'aller aux toilettes et que Hilke l'exhorte à faire enfin un détour par la salle des fêtes, Sven reste longtemps indécis dans le couloir. Mais lorsque Beppo passe devant lui en courant, il sort de sa léthargie.

- Excusez-moi. Vous connaissez personnellement l'artiste qui expose ses œuvres ici, à côté ?

- *Si, si, signore !* Clara Sommerfeld, un jeune talent très prometteur. Il y a même des journalistes qui ont déjà appelé pour elle ! dit Beppo en bombant le torse comme s'il parlait de sa propre fille.

Sven se racle la gorge et hésite à se présenter.

- Euh, oui. Moi aussi, je suis journaliste et j'aimerais bien rencontrer cette jeune femme.

L'Italien le regarde, surpris, l'examine un instant avant de dire avec un grand sourire :

- Je ne peux pas vous donner son numéro, bien sûr. Mais vous pourrez la rencontrer ici. Samedi, je vais la gâter avec ma modeste cuisine.

Beppo sourit, toujours aussi aimable, et regarde son invité d'un air interrogatif.

Sven ne sait pas vraiment quoi répondre, car il pense déjà au week-end à venir.

Beppo poursuit :

- Le mieux est peut-être que vous me laissiez votre numéro. Je le transmettrai alors volontiers à la *signorina* Sommerfeld.

- D'accord, répond Sven.

Il attrape son portefeuille dans la poche arrière de son pantalon et en sort une carte de visite qu'il tend à Beppo en ajoutant :

- Je suis journaliste économique et je travaille actuellement à un article sur les jeunes artistes. Ce serait bien si vous pouviez lui dire que c'est un peu urgent.

Lorsque Sven revient à la table, Hilke le regarde avec de grands yeux curieux. Apparemment, elle a pu suivre de loin la conversation avec Beppo, comme si elle était au spectacle.

- Alors, qu'est-ce que tu en dis ?

- De quoi ? répond Sven avec un petit sourire.

- Je vais te tordre le cou ! menace Hilke. Les tableaux sont super, non ?

- Je ne les ai pas vus. Mais j'ai fait en sorte que ce charmant Italien lui fasse passer ma carte de visite.

Satisfait, il se renverse en arrière, tandis que Hilke lui lance un regard furieux.

- Et maintenant, tu vas juste attendre et boire un thé ?

- Non, une bière.

Sven brandit son verre en direction de sa collègue sans un mot.

Hilke lève les yeux au ciel, jette un regard furtif autour d'elle et lance d'un ton péremptoire :

- Je vais te dire une chose. Je ne partirai pas d'ici tant que tu n'auras pas été admirer au moins un de ces super tableaux.

Quand ils ont fini de manger, Sven tente à nouveau sa chance. La salle des fêtes s'est vidée depuis longtemps et toutes les lampes sont éteintes. Mais la lumière dans la salle du restaurant l'éclaire encore assez pour qu'il s'y aventure. Il est surpris par la taille et la quantité des tableaux. Il doit y en avoir une bonne vingtaine.

Il se dirige à pas feutrés vers le premier tableau sur la gauche. Même dans la pénombre, le rouge profond et soutenu qui recouvre toute la surface du tableau a un éclat particulier. La lune aux reflets argentés attire immédiatement son regard, elle se détache étrangement du fond et dégage quelque chose de mystérieux, mais aussi de très paisible. Une dizaine de centimètres sous le tableau, un petit panneau indique « LUNE DE SANG » - 220 €.

Le regard de Sven se dirige vers le bord inférieur droit de la toile, où l'on distingue une signature. Il se rapproche encore et déchiffre « Clara S. », ce qui fait naître un sourire sur ses lèvres.

# Clara

C'est typique, se dit Clara une fois ses invités réunis autour de la table d'anniversaire. Tout le monde est à l'heure sauf Katja. Le retard de son amie a-t-il quelque chose à voir avec les deux méga surprises qu'elle lui a annoncées ?

Cela fait longtemps que Clara n'avait pas éprouvé un sentiment de bien-être aussi complet. Elle contemple sans mot dire la tablée en souriant, pleine de gratitude d'être aujourd'hui entourée de tous ceux qu'elle aime. Sa mère et son compagnon Reinhard, Lisbeth et Willy, Dorothea, Bea, et même la mère de Ben, que Dorothea a persuadée d'accepter son invitation. Clara se réjouit de les revoir enfin toutes les deux dans un contexte plus heureux. Et d'une certaine manière, il lui semble sentir aussi la présence de Ben en ce jour où elle montre fièrement le meilleur de ses toiles.

Son excitation lui fait oublier tout sentiment de faim. Alors que Beppo commence à apporter des mets délicieux dans de grands plats de porcelaine blanche, Katja se glisse dans la salle. Mais au lieu de se diriger résolument vers eux, elle fait signe à Clara de la rejoindre.

– Ma chérie, viens là que je t'embrasse ! Je te souhaite tout le bonheur du monde. Tu l'as bien mérité ! lui susurre-t-elle en la serrant à l'étouffer.

Clara n'en est pas moins émue jusqu'aux larmes.

– Merci ! Mais dis donc, où sont les fameuses surprises ? s'enquiert-elle en haussant les sourcils et en bombant le torse, les bras croisés sur la poitrine.

Les extravagances auxquelles Katja les a habitués pourraient faire craindre le pire. Mais à voir la joie sans mélange sur le visage de son amie, il semble qu'elle ait prévu quelque chose de vraiment bien cette fois-ci.

– Elles attendent toutes les deux au coin de la rue. (Katja se retourne et appelle :) Andy, tu peux venir !

Bouche bée, les yeux écarquillés, Clara voit entrer un homme on ne peut plus séduisant qui tient de la main gauche un paquet long et plat enveloppé de papier kraft. Il tend la droite à Clara avec un sourire un peu gêné, mais très sympathique.

– Tous mes veux d'anniversaire ! Je m'appelle Andreas, mais on s'est déjà rencontrés – au speed dating. C'est Katja qui m'a entraîné ici. Je suis donc innocent, mais j'espère que vous m'acceptez ?

Clara lance à Katja un regard qui en dit long, et s'empresse de le rassurer :

– Bien sûr ! D'ailleurs, Beppo nous a préparé un buffet pour un régiment ! Allez vous asseoir, tous les deux.

– On y va, mais d'abord, il faut que je dise quelques mots, déclare Katja en bravant l'assistance du regard. (Elle s'empare du verre de prosecco que la serveuse lui tend opportunément, et s'éclaircit la gorge.) Ma chère, chère meilleure amie ! Pour toi, ce jour n'avait rien de simple, nous en sommes tous bien conscients. Et nous sommes d'autant plus heureux que tu aies retrouvé le sourire. Tout ce que j'ai pu tenter pour ma part en espérant te redonner courage a pitoyablement échoué, mais voilà que tu y es parvenue toute seule - avec ta peinture ! Tu t'assieds à ton chevalet, combines couleurs et matériaux divers, et voilà le résultat !

Katja désigne les toiles dont les couleurs vives réchauffent encore l'atmosphère de la salle tamisée par la douce lumière des bougies.

Karine donne le signal des applaudissements, aussitôt imitée par le reste de la tablée. Après quoi Katja poursuit.

- Quoi qu'il en soit, c'est ta peinture qui a ramené sur tes lèvres ce sourire qui nous enchante. Et pour que tout cela ne reste pas qu'un passe-temps sympathique mais t'apporte quelques espèces sonnantes et trébuchantes, à la demande de ta grand-mère, j'ai déniché pour toi dans la vieille ville... un atelier. Tu peux le visiter dès demain. Et pour parer à toute hésitation de ta part, voici déjà un petit présent.

Elle fait signe à Andy de remettre le paquet plat. Clara a l'impression d'être dans un film qui passe au ralenti. Beppo, sa femme et la serveuse se tiennent maintenant, intrigués eux aussi, sur le seuil de la salle et observent Clara déchirer le papier d'emballage.

Elle en sort une enseigne en acrylique gris clair sur laquelle ressortent gracieusement en grandes lettres gris tourterelle OBJETS D'ART ET D'ARTISANAT. Exactement comme elles se le sont imaginé au cours d'une de leurs dernières soirées très inspirantes.

Clara n'en croit pas ses yeux, muette d'étonnement. Elle étreint Katja, puis Andy. Tout le monde bat des mains, ravi.

Que ne peut-elle stopper le cours du temps pour fixer cet instant extraordinaire ? Ces événements fantastiques dépassent l'entendement : une première exposition susceptible de lui ouvrir les portes des galeries et des organismes culturels de la ville, et maintenant un atelier à elle dans la vieille ville ! Pour ce dernier, elle fait confiance à Katja, qui est experte en la matière. Qui plus est, Clara a le capital de départ et déjà une super belle enseigne. Sans compter qu'un premier acheteur s'est manifesté auprès de Beppo, lequel est disposé à débourser l'incroyable somme de 270 euros pour une de ses toiles. Et il paraît qu'un journaliste s'est renseigné sur elle. Il n'empêche que ce sont tous ces gens bienveillants rassemblés autour d'elle qui font de cette journée tant redoutée quelque chose de carrément merveilleux.

Clara sent nettement le prosecco lui monter à la tête. Elle sourit aux anges en trinquant avec chacun de ses invités, avant de se ruer enfin elle aussi sur les savoureux mets de Beppo.

# SVEN

Depuis sa terrasse, Sven regarde avec curiosité la foule de gens qui prennent part à la fête du quartier et les nombreuses voitures qui roulent au pas dans les rues étroites autour de la zone piétonne. Chaque fois qu'il observe un automobiliste qui cherche en vain une place de stationnement, il se réjouit d'avoir jusqu'à présent fort bien réussi à vivre sans voiture.

Mais la veille, il a regretté du fond du cœur de ne pas en avoir une. Sinon, il aurait certainement eu le courage de se rendre spontanément à Lüneburg. Certes, Hilke lui a proposé une vingtaine de fois durant la semaine d'utiliser sa voiture. Mais il ne voulait pas profiter de sa générosité ni satisfaire sa curiosité en allant au Castello avec l'Opel - ou, pire, avec l'Opel *et* Hilke. En aucun cas il ne voudrait débarquer comme ça à l'anniversaire de Clara ou forcer une rencontre de manière artificielle.

Comme il ne savait pas trop quoi faire de lui hier soir, il a appelé son père. Et il a bien fait, car ils ont passé ensemble une soirée vraiment détendue.

Sven n'a pu s'empêcher de sourire lorsque son père a décidé de l'inviter dans un restaurant italien. Contre toute attente, la soirée a été très agréable ; ils ont même parlé de la mère de Sven, pour la première fois depuis longtemps, car elle allait bientôt avoir soixante-dix ans.

Sven pense qu'il faut qu'il mette un peu d'ordre dans cette journée. Même la séance d'entraînement du matin ne l'a pas fait redescendre assez.

Comme un ado difficile à supporter, il ne cesse de se perdre dans des élucubrations sur ce qui se passerait si Clara l'appelait enfin. Et comme si le destin se prêtait lui aussi à ce petit jeu, c'est presque une ironie du sort que, bien qu'il soit depuis longtemps en contact avec la mystérieuse Mine par portable interposé, elle ne puisse pas le joindre sur ce numéro puisqu'elle ne connaît que son numéro de fixe professionnel et son adresse mail.

Cependant, Sven a pris la peine de mettre en place un transfert de ses appels professionnels sur son portable. Il a également configuré sa messagerie de sorte qu'il reçoive en privé tous les messages officiels auxquels il n'aurait normalement pas prêté attention un week-end.

Mais jusqu'à présent, rien de Clara. Sven espère sincèrement que ce Beppo n'a pas oublié de lui transmettre sa carte de visite. Sven suppose qu'au plus tard hier, lors de sa visite au restaurant, Beppo l'aura informée. Et si elle était vraiment intéressée par un entretien, elle devrait en principe se manifester dès le début de la semaine.

Et si elle n'est pas du tout intéressée ?

- Oh, là, là !

Sven frappe du plat de la main sur la rambarde en acier et secoue la tête. C'est fou qu'il ne puisse se sortir Clara de la tête ! Il a besoin de se changer les idées.

Il vient juste de décider de demander à David s'il a envie d'aller boire une bière en bas, à l'un des stands de la rue, quand son portable se met à biper.

C'est un message de Clara ! C'est justement maintenant, pense Sven, après une si longue pause, qu'elle ressent visiblement le besoin de communiquer.

**Je suis maintenant bien décidée à suivre ma voie en tant qu'artiste. C'est grâce à toi ! Merci pour ce merveilleux cadeau d'anniversaire.**
**Je t'aime, Mine.**

L'humeur de Sven passe au beau fixe. Clara lui semble tout d'un coup beaucoup plus détendue. Il aimerait bien en parler à quelqu'un.

Malheureusement, il n'arrive pas à joindre David, alors il s'installe confortablement sur sa terrasse avec une bière et réfléchit à une autre façon d'approcher Clara.

Lors de la conférence du lundi matin, il veut proposer à son boss le thème des « jeunes autoentrepreneurs ». Après tout, il a déjà fait des recherches sur le marché il y a quelque temps. Il ne lui manque que les chiffres actuels et deux ou trois autres interlocuteurs potentiels. Mais il est persuadé de pouvoir convaincre Breiding d'inclure ce sujet d'actualité dans son magazine, compte tenu de la récession.

o | o

Lorsqu'il revient au bureau le lundi, après plus de trois heures de réunion tendue, Sven est heureux que sa proposition ait effectivement suscité de l'intérêt. Hilke, qui observe son optimisme avec scepticisme, demande :

– Alors ? Des événements particuliers durant le week-end ? Des appels de la scène artistique de Lüneburg ?

Sven lève les yeux au ciel, agacé, et se contente de soupirer.

– Tu pourrais être content de m'avoir et que je m'occupe de toi avec autant de bienveillance, répond Hilke, furieuse.

– Je te remercie, répond Sven avec ironie.

Puis il s'assied à son bureau et s'efforce de changer de sujet. Il s'empresse d'écarter la légère déception que lui inspire le fait que Clara ne donne toujours pas de nouvelles.

Lorsqu'il déplace la souris de son ordinateur et que l'économiseur d'écran laisse place à son bureau, une icône lui indique dix-sept nouveaux mails.

Alors qu'il clique sur sa messagerie, son cœur fait un bond, car au milieu des mails non lus il en trouve un qui a pour objet « Votre demande » de l'expéditeur « c.sommerfeld@luene-prundwerbung.de ».

Pendant que Hilke commente le déroulement de la conférence de rédaction, Sven essaie d'ouvrir discrètement le mail.

– Oui, oui, les thèmes des prochains mois sont très intéressants. D'une manière ou d'une autre, ça va marcher, marmonne Sven, comme s'il était sur le point de s'endormir, alors qu'intérieurement il bout. Il est archi tendu en lisant le message de Clara.

**De : c.sommerfeld@luene-prundwerbung.de**
**Objet : Votre demande**
**Cher monsieur Lehmann,**
**M. Ventorino du restaurant Castello de Lüneburg m'a donné votre carte de visite en me priant de vous contacter.**
**Je suis à votre disposition pour vous aider dans vos recherches.**
**Vous pouvez me joindre à tout moment au numéro ci-dessous. Cordialement,**
**Clara Sommerfeld**

Sven relit le message au moins trois fois de suite et fixe son écran avec stupéfaction.

Alors Hilke lui demande :

- Tout va bien ? Tu as l'air bizarre.
- Euh, oui, oui. C'est juste que je suis en train de lire mes mails. Tu sais bien que nous, les hommes, on ne peut pas faire plusieurs choses à la fois.

Il lui adresse un petit sourire furtif et se concentre à nouveau sur son courrier. Il est impossible qu'il appelle Clara maintenant : Hilke lui sauterait sur les genoux pour ne rien rater de la conversation. Au lieu de cela, Sven suit son impulsion et clique sur « Répondre ».

Il ne comprend pas vraiment lui-même, mais ce mail le bouleverse. Peut-être est-ce parce qu'il a désormais la certitude de se retrouver un jour face à cette femme. Et ce jour n'est plus très loin, pense-t-il. *Après tout, mon article de dix-huit colonnes doit être prêt dans moins de deux semaines.*

Sven esquisse une première ébauche de réponse :

**De : Sven Lehmann**
**Objet : Re : Votre demande**
**Bonjour, madame Sommerfeld**

Il recommence.

**Chère madame Sommerfeld,**
**Merci pour la rapidité de votre réponse.**
**Pour notre magazine, je travaille actuellement à un article sur les jeunes travailleurs indépendants.**

Sven efface le « jeune » et ne peut s'empêcher de sourire.

- Pourquoi tu souris comme ça ?

Rien n'échappe à Hilke, qui a l'air de l'observer attentivement.

- Oh, un mail avec une blague salace d'un pote. Ça t'agacerait profondément.
- Ah, les hommes ! soupire Hilke en disparaissant derrière son écran.

Puis Sven poursuit.

**J'aimerais vous interroger sur votre projet d'autoentrepreneur et, si vous êtes d'accord, vous présenter éventuellement à nos lecteurs dans un bref résumé afin de pouvoir leur donner une image représentative de votre branche.**
**Je vous serais reconnaissant si vous acceptiez d'organiser une rencontre à court terme et de vous rendre dans nos locaux de la rédaction**

Sven supprime les derniers mots, car il s'imagine un quart de seconde la situation déconcertante s'il devait recevoir la visite de Clara en présence de Hilke.

**Je viendrai volontiers à Lüneburg si vous avez le temps de me rencontrer et si vous connaissez un lieu de rencontre approprié.**
**Merci beaucoup.**
**Bien à vous**

Il remplace « bien à vous » par « bien cordialement », signe et clique sur « Envoyer ». Il jette un coup d'œil furtif à Hilke, qui se lève à ce moment-là pour aller se chercher un café. Elle demande aussitôt :

- Qu'est-ce qu'il y a ?

Sven hausse les épaules et murmure :

- Rien. Qu'est-ce que tu veux qu'il y ait ?!

# Clara

*Si la semaine continue à être aussi excitante, pas sûre que je tienne le coup jusqu'à mon prochain anniversaire,* se dit Clara en s'appliquant du mascara devant la glace. Lundi, l'atelier, une merveille, sublime, bref, parfait. Mardi, la signature du bail et un appel de Beppo annonçant qu'il a vendu deux nouvelles toiles. Hier, la réalisation d'une super plaquette avec l'aide de Sandra, la rédactrice pub de l'agence. Et aujourd'hui, ce rendez-vous avec le journaliste. Clara n'ayant aucune idée de ce qui l'attend avec lui, elle est évidemment nerveuse.

Mais c'est lui qui l'a sollicitée. Il est demandeur. Elle aura juste à répondre à quelques questions.

*Alors détends-toi et profite de la soirée !* N'empêche que ce Lehmann se déplace exprès de Hambourg. Ce serait donc très impoli de décommander sur un coup de tête. Katja lui botterait les fesses si elle laissait ainsi échapper cette chance inespérée d'avoir une publicité gratuite. Qu'il ait accepté de la rencontrer au Cheers la tranquillise un peu. C'est un lieu où elle ressent particulièrement la présence de Ben. Il la protégera contre d'éventuels désagréments.

○ | ○

Pourtant, quand Clara enfourche son vélo pour gagner le Cheers environ trente minutes plus tard, elle a vraiment la trouille. Et si elle ne parvient pas à l'intéresser en répondant à ses questions ou qu'elle est tout simplement incapable de donner une réponse pertinente ? Elle n'est pas encore complètement au courant de tout. Par exemple de certaines démarches administratives qu'il lui reste encore à faire. Ainsi que des aspects financiers. D'après sa carte de visite, ce Lehmann est rédacteur pour la rubrique « économie », ce doit donc être un expert en la matière et il va immédiatement se rendre compte qu'il n'interviewe pas la bonne personne.

Elle descend de vélo en se sentant peu sûre d'elle et l'attache dans un parking à vélos qui se trouve pile devant la devanture du Cheers, ce qui l'agace : si ça se trouve, ce Lehmann est déjà là et peut l'observer de l'intérieur. Mais quand elle entre, elle n'aperçoit à la ronde aucun client attablé seul. Elle se le représente la cinquantaine bien tassée, grassouillet, plutôt antipathique, mais poli et très bien vêtu. En tout cas c'est ainsi qu'elle imagine les rédacteurs économiques d'un magazine important.

Elle avise une table libre au fond à droite, s'y assied de façon à voir la porte d'entrée et commande un *latte macchiato*.

*Le temps qu'il arrive, je vais pouvoir préparer quelques phrases cool qui campent la femme d'affaires impitoyable.*

Mais sincèrement elle en est à des lieues et se sentirait plutôt comme une lycéenne à la veille d'un oral déterminant pour le passage en classe supérieure.

Elle extirpe fébrilement son portable de sa poche pour s'assurer de n'avoir pas manqué un appel de ce Lehmann. Mais il n'y a rien. Pas de message ni d'appel, alors qu'il est déjà en retard de plus d'un quart d'heure à leur rendez-vous. Elle prend son sac à main pour examiner encore sa carte de visite. Mais celle-ci ne mentionne qu'un numéro de bureau, ça n'aurait donc pas beaucoup de sens de l'appeler. Il se sera peut-être trompé de jour ou n'aura pas trouvé le Cheers...

Clara décide de finir tranquillement son café en prolongeant son attente jusqu'à huit heures et quart. Ce qui ferait alors un retard de trois quarts d'heure et rendrait son arrivée fort improbable.

Un peu désemparée, elle regarde constamment autour d'elle pour être sûre que personne ne lui a échappé. Exactement comme ce jour où elle guettait Katja qui était en retard comme d'habitude. Ben était à la table voisine et lui avait demandé d'un ton faussement courtois si on lui avait posé un lapin à elle aussi. Le camarade de fac qu'il attendait ne se manifestant toujours pas, il avait fini par glisser d'une table à l'autre. La soirée prit alors un tour inattendu et très divertissant, car Ben se lança tout de suite :

– Tu n'es pas de Lüneburg, j'imagine ? Un si joli visage, je l'aurais remarqué !

Au moment où elle sent les larmes lui venir aux yeux en repensant à leur première rencontre, son téléphone se met à sonner.

# SVEN

– Quel merdier ! s'exclame Sven. Justement aujourd'hui ce putain de train est en retard !

Quand il est arrivé sur le quai, le train lui a filé sous le nez. Il se demande un instant s'il ne devrait pas mettre Hilke au courant de son rendez-vous et lui demander sa voiture. Mais elle serait certainement furieuse qu'il ne lui ait rien dit et qu'il ait même un peu menti sur le sujet ces derniers jours. Et si ça se trouve, il arriverait plus vite à Lüneburg avec le prochain train que s'il prenait d'abord le métro à Altona pour rejoindre Hilke à Winterhude, puis continuait dans les bouchons de fin de journée jusqu'à l'autoroute. Mais même avec le prochain train, il n'arrivera pas à temps à Lüneburg, pense Sven, qui n'arrive pas à croire que la seule cabine téléphonique qu'il trouve enfin après avoir cherché longtemps, mais fébrilement, soit hors service.

Et comme il ne peut pas appeler Clara avec le numéro de Ben pour s'excuser de son retard, il a peu à peu l'impression que le destin veut se venger. Peut-être pour le punir de ses nombreux mensonges. Pourtant, jusque-là, il n'a pas menti à Clara. Mais il ne peut pas mettre maintenant les pieds dans le plat en l'appelant, ça la plongerait dans une confusion absolue.

– Excusez-moi ! dit Sven à une dame âgée.

– Oui ? demande-t-elle, aimable.

– Auriez-vous par hasard un téléphone portable que je pourrais utiliser ? demande-t-il.

– Je suis désolée, je n'en ai pas. Mais le jeune homme là-bas, il en a un, dit-elle en désignant un adolescent se barricadant contre le monde extérieur avec une capuche et des écouteurs de lecteur MP3.

– Merci, dit Sven en se dirigeant vers lui. Excusez-moi ! lui lance-t-il d'une voix stridente.

– Pourquoi vous criez comme ça ?

– Désolé, je pensais... répond Sven en désignant ses écouteurs.

Le garçon, de mauvaise humeur, regarde Sven d'un air interrogateur.

– Euh, tu pourrais me prêter ton portable ? J'ai un appel urgent à passer.

– Et qu'est-ce que j'y gagne ?

– Eh bien, tu aides un de tes semblables dans une situation d'urgence.

– Quoi ?

– Bon, d'accord.

Sven cherche dans son porte-monnaie une pièce de 2 euros et la lui met dans la main.

Le garçon regarde la pièce en faisant la grimace. Puis il tend à nouveau la main, imperturbable.

La patience de Sven est déjà largement mise à l'épreuve, mais il n'a pas le choix.

– C'est du vol ! peste-t-il en sortant un billet de 5 euros et en reprenant la pièce de 2.

Finalement, le garçon lui tend son téléphone.

– Mais pas longtemps !

Sven fronce les sourcils et cherche dans son iPhone le numéro de Clara.

– Mais vous avez un portable ! s'exclame le garçon, furieux. Et pas n'importe lequel !

Il lui reprend le sien en le lui arrachant des mains et s'apprête à décamper.

– Arrête ! crie Sven sur un ton tel que le type s'arrête, intimidé. Je ne peux pas utiliser le mien, tu comprends ?

– Dépassé par la technique, hein ?

Le garçon sourit, secoue en même temps la tête et tend à nouveau la main.

– Tu es une vraie ordure ! fulmine Sven tout en échangeant à nouveau la pièce de 2 euros contre le portable du garçon.

Il compose nerveusement le numéro. Ça sonne.

Lorsque la voix claire et chaude de Clara souffle un « Oui ? », Sven a du mal à masquer sa nervosité.

– Madame Sommerfeld ? Sven Lehmann à l'appareil. Je suis désolé, j'ai raté mon train.

La gare d'Altona est assez bruyante mais Sven s'efforce néanmoins de parler doucement.

– Pardon ? Je vous entends très mal. Vous pouvez parler un peu plus fort, s'il vous plaît ?

– Sven Lehmann à l'appareil. J'ai raté mon train et je ne pourrai être à notre rendez-vous que dans trois quarts d'heure.

– Oh !

– Je suis désolé. Est-ce que vous pouvez quand même attendre ou devrions-nous convenir d'une autre date ?

Clara semble hésiter un instant, mais s'efforce de garder un ton aimable et dit :

– Non, c'est bon. Mais je préfère aller vous attendre à la gare. Je pourrai vous montrer mon atelier en chemin, si vous le souhaitez.

– Oui, super... Euh, et je vous reconnais comment ? demande Sven, gêné.

– Ah... eh bien, j'ai trente et un ans, je suis blonde, de taille moyenne, plutôt mince, et je porte aujourd'hui un jean et un blazer en velours clair.

– OK, alors on se retrouve tout à l'heure à la gare. Merci !

– Pas de problème. Au revoir !

– Oui, au revoir ! conclut Sven.

Il ne peut s'empêcher de sourire, ravi que ses craintes de devoir passer la soirée seul se soient envolées. Il rend le portable au garçon et se dirige d'un pas rapide vers le tableau d'affichage pour voir l'horaire du prochain train.

# Clara

*Est-ce de mauvais augure que ce Lehmann soit tellement en retard ? J'espère que non,* se dit Clara. Elle a beau douter d'elle-même, cette interview pourrait tout de même aussi l'aider à démarrer dans ses activités de free-lance. Mais elle se réjouit que le type lui ait fait une impression sympathique de simplicité inattendue. Et au téléphone en tout cas il avait l'air plus jeune que prévu.

Clara se sent un peu bête de ne s'être même pas renseignée sur lui via Internet avant de le rencontrer. S'il travaille pour un magazine aussi pointu, on peut certainement trouver sa photo quelque part. D'un autre côté elle serait encore plus fébrile si le type était ne serait-ce qu'un tout petit peu séduisant, songe-t-elle en traversant la rue qui la sépare de la gare.

Elle n'y est pas venue depuis l'hiver. Ben était allé passer Noël, avec sa mère et Dorothea, chez sa grand-mère qui habite près de Düsseldorf. Il avait un engagement pour le jour de l'An avec son groupe et il était rentré seul en train afin d'être à Lüneburg à temps pour une dernière répétition. Clara se revoit très nettement aller le chercher à la gare, si heureuse. Ils n'avaient pourtant été séparés que quelques jours depuis la demande en mariage.

Mais Ben s'était montré étrangement taciturne. Peut-être éprouvait-il déjà des réticences quant à la voie dans laquelle il venait de s'engager ? Avait-il déjà pris conscience qu'il ne serait pas de taille à la suivre plus longtemps ?

Il savait peut-être qu'il venait de voir pour la dernière fois sa grand-mère à laquelle il était très attaché, se dit Clara, la gorge serrée. Si ça se trouve, il avait passé tout le trajet à regarder défiler le paysage, totalement abattu, et avait dû se faire violence en arrivant à Lüneburg pour ne rien laisser voir à Clara.

La voilà donc ici de nouveau - mais tout est différent.

*C'est comme l'autre jour au Castello*, se dit-elle. *Tout ce que je fais, c'est la première fois que je le fais seule, sans Ben.*

Mais en fin de compte c'est à Ben qu'elle doit d'être ici à présent. À ce tournant de sa vie qui a soudain l'air d'un nouveau départ. Et les choses prennent une tournure complètement inattendue, jamais elle ne se serait crue capable de faire un pas aussi courageux.

Elle est encore plongée dans ses pensées quand arrive le train. Brusquement toutes les phrases intelligentes qu'elle a passé la journée à concocter se sont volatilisées. Et avant qu'elle puisse chercher des yeux un homme en costume, on l'aborde.

- Clara Sommerfeld ? lui dit un homme effroyablement bien de sa personne, en jean, une sacoche d'ordinateur sous le bras.

- Euh... oui. Monsieur Lehmann ?

Il lui tend la main en la fixant si intensément qu'elle en perd toute assurance.

- Sven Lehmann, exactement. Merci de m'avoir attendu si longtemps !

o | o

*Ce type me déstabilise,* pense Clara, assise en face de lui au Cheers, précisément à la table où elle était avec Ben le jour où ils se sont rencontrés. Un drôle de hasard que Sven Lehmann ait justement choisi cette table alors qu'il y en avait plusieurs autres libres. Mais l'homme lui plaît, il a de l'humour et un charme indéniable qu'il a sûrement mis en œuvre avec des milliers de femmes.

- Vous allez bien avec cette jolie ville si sympathique, lui a-t-il déclaré tout de go, alors que Clara refermait la porte de l'atelier.

Il avait fait quelques photos d'elle pendant sa brève visite de l'atelier. Elle n'avait pas relevé le compliment.

*Quel âge peut-il avoir ?* se demande-t-elle en le dévisageant à la dérobée. La quarantaine sans doute, se dit-elle en se replongeant vite dans la carte - qu'elle connaît dans les moindres détails.

- Vous voulez l'aborder sous quel angle, le sujet des nouveaux travailleurs free-lance ? lui demande Clara en s'efforçant désespérément de coller à l'image de la jeune professionnelle pleine d'assurance. Tout en s'exhortant intérieurement à refouler l'indéfinissable fascination que son interlocuteur exerce sur elle. Le côté un peu macho de son attitude n'est d'ailleurs pas sans rappeler Ben, et aussitôt la mauvaise conscience l'assaille. Elle a intérêt à être pro de chez pro et à ne lui laisser aucune marge de manœuvre pour quelque badinage d'ordre privé.

Sven Lehmann ne se fait pas prier pour dévoiler sa conception de l'article. Et bien que ça l'intéresse, sans bien savoir pourquoi Clara est incapable de l'écouter réellement. Pas étonnant, se dit-elle, avec les yeux qu'il a ! Est-ce que les gens de la table d'à côté s'imaginent qu'ils sont ensemble ? Alors qu'il est en couple ! Ce n'était sûrement pas une collègue ni une sœur, la fille avec qui il a dîné au Castello. Le flair de Beppo ne le trompe jamais. Sven Lehmann vient-il souvent à Lüneburg avec son amie ou sa femme ?

– Je crois que je vais prendre un verre de blanc. Et vous ? On peut prendre une bouteille, aussi. Je vous invite, bien entendu.

Quand il sourit, il a une étincelle dans les yeux qui la déstabilise complètement.

– Euh... je vais plutôt prendre un... une San Pellegrino, s'entend bafouiller Clara.

Elle pourrait se flanquer des gifles, moins pro et moins cool on ne fait pas.

Sven Lehmann semble un instant dérouté, mais quand il passe leur commande, il a déjà recouvré tout son charme et sa décontraction. Il commente le choix de la brasserie, non sans une trace de condescendance.

– C'est donc votre café attitré ? lui demande-t-il avec son sourire amusé.

Clara réplique au hasard :

– Oui, je sais, il y en a de plus chics, mais l'atmosphère est sympa, et j'aime bien avoir mes habitudes quelque part.

– Un amour des habitudes qui ne vous empêche pourtant pas de vous ouvrir à quelque chose de nouveau, visiblement... observe son interlocuteur avec un sourire encore plus chaleureux.

– C'est vrai. Étant free-lance je n'ai pas tellement le choix. Ce statut exige d'être réactif et de s'ouvrir à la nouveauté, répond Clara, soulagée d'être enfin dans le vif du sujet.

Elle ne sait trop que faire de ses mains et les glisse sous ses cuisses, pensant cacher ainsi sa nervosité.

– Vous avez froid ? s'inquiète Sven Lehmann.

Clara se contente de secouer la tête. *Je n'ai pas froid du tout : tu m'intimides avec tes questions bizarres, monsieur le journaliste de Hambourg*, lui dit-elle en pensée.

– Non, non. Mais je vous laisse un instant, si vous permettez, bredouille-t-elle.

– Vous n'allez pas me planter là et disparaître pour me punir de vous avoir fait attendre, au moins ? demande-t-il, toujours avec ce sourire un peu taquin.

Clara esquisse un sourire gêné et sent qu'elle rougit un peu. Elle se dépêche de fuir aux toilettes. Il faut absolument qu'elle envoie un texto. À Ben.

# SVEN

Lorsque, peu avant minuit, Sven pose ses clés et son téléphone portable sur la commode à côté de la porte de son loft, il voit qu'il a reçu un SMS. Il regarde l'écran, hésitant. Un message de Clara ! Il ne sait pas s'il doit s'en réjouir – après tout, ce n'est toujours pas à lui qu'il est adressé.

> **Ben, je dois t'avouer quelque chose que tu sais sûrement déjà : j'ai été infidèle à notre table, et j'ai maintenant mauvaise conscience. Je t'en prie, crois-moi, personne ne peut te remplacer. Ta M.**

Inévitablement, Sven ne peut s'empêcher de sourire à l'évocation du mot « infidèle » – et à une table qui plus est ?!

Pendant tout le trajet de retour, il a imaginé à quel point il aurait aimé toucher cette femme sensible ou simplement la couvrir de compliments. Il était sous le charme. Mais elle repoussait toute tentative d'approche par des regards et des gestes évasifs.

Sven a déjà eu beaucoup - probablement trop - de rendez-vous qui n'ont mené à rien, mais il pense depuis pouvoir mieux décrypter le comportement bizarre du sexe opposé. Par exemple, lorsqu'une femme pose son menton sur sa main et penche légèrement la tête sur le côté : dans 80 % des cas, cela signifie qu'elle ne retirera pas son autre main, qui se déplace nerveusement sur la table, du sous-verre ou de la serviette aux couverts ou au verre, lorsqu'il la lui prendra, doucement mais résolument. Ou lorsqu'elle penche légèrement le buste en avant et met ainsi en valeur ses seins, cela signifie qu'il pourra très probablement les toucher plus tard.

Mais chez Clara, rien de ça ! Pas la moindre allusion, pas le moindre signe, pas le moindre geste d'un penchant pour lui. Pourtant, elle ne lui donnait pas l'impression d'être froide ; mais charmante, telle que Sven l'avait toujours imaginée. En même temps, elle avait quelque chose d'inaccessible, si bien que l'attraction qu'elle avait exercée sur Sven dès la première seconde n'avait fait que croître au cours de la soirée. Déjà la façon dont elle était sur le quai, à la fois intimidée comme une petite fille et pourtant sexy comme une jeune femme parfaitement consciente de son charme sans pourtant l'exercer volontairement.

En se remémorant la rencontre sur le quai, Sven ne peut s'empêcher de soupirer. Mais il se ravise, range son portable, se déchausse et lance sa veste dans un coin. Il allume le téléviseur, prend une bière dans le frigo et s'affale sur le canapé avec son sac. Il sort ensuite l'appareil photo numérique avec lequel il a pris des photos de Clara et de son atelier. Bien qu'il l'ait fait pendant tout le trajet en train, il ressent à nouveau le besoin de les regarder.

Et là, il le voit à nouveau, ce rayonnement dans les yeux verts et brillants de Clara.

Cette vision le fascine tellement qu'il est aussitôt tenté de composer son numéro. Il s'apprête à prendre son portable, mais s'arrête au beau milieu de son geste.

Ce dernier SMS le prouve encore : cette femme en aime un autre. Habité par ce sentiment désagréable, il décide de l'oublier au plus vite.

# Clara

- Si tu avais un mec, on n'aurait pas à se coltiner des trucs aussi lourds, remarque Katja avec un large sourire, en s'attendant à recevoir un chiffon à la figure.

- Ben voyons ! Tout est ma faute, je me complais dans le malheur, mon cas est désespéré ! réplique Clara, qui laisse échapper un gémissement en hissant hors du coffre un seau de peinture qui pèse une tonne.

- Il t'aurait peut-être embrassée si tu n'avais pas été aussi glaciale, non ? lance Katja en soulevant le deuxième pot de peinture.

- Ce n'était pas un rendez-vous galant, c'était un rencard pro-fe-ssio-nnel qui...

- ... aurait pu se terminer tout à fait autrement, l'interrompt Katja.

Clara pose son seau de peinture et se campe devant son amie.

- Je reprends : un, le type est un journaliste tout ce qu'il y a de sérieux qui...

– … t'a demandé si vous ne pourriez pas boire un deuxième verre ensemble à l'occasion, parce que le premier était – je cite – « vraiment sympa » !

Clara lève les yeux au ciel et poursuit :

– De deux : il est en couple.

– Tu n'as pas de preuve.

– Mais un témoin oculaire qui nous a décrit dans le détail les charmes de sa compagne au Castello.

– Et alors ? Andy aussi, on pensait qu'il était marié à cause de cet anneau qu'il porte au doigt !

– Troisièmement, quand on est aussi beau gosse, on apprend à jouer avec les filles, et c'est exactement le genre de mecs qui ne s'engage pas.

– Ce n'est tout de même pas sa faute s'il est craquant.

– Mais il m'a fait du rentre-dedans !

– C'est un crime pour un homme d'être sûr de lui et d'essayer d'avoir la fille qui lui plaît ?

– Non, admet Clara, c'est même plutôt excitant.

– Ah !

– Il n'y a pas de « ah » qui tienne, parce que moi, je ne suis pas prête, c'est le quatrième point. Et le cinquième, c'est que ma priorité en ce moment, c'est ma nouvelle carrière.

– Pour laquelle il pourrait drôlement t'aider…

– Pour ça, je t'ai toi ! D'ailleurs, il faut qu'on y aille, l'atelier ne va pas se peindre tout seul !

Katja a épuisé son stock d'arguments. Ne reste plus que le chantage.

– Très bien, soit tu l'appelles aujourd'hui, soit je ne lève plus le petit doigt pour toi !

Clara lui lance un long regard noir. Qui dure exactement cinq secondes, après lesquelles ses lèvres dessinent un sourire de biais. L'inimitable Katja y voit le signe d'une victoire indéniable.

# SVEN

– Il faut quand même que tu la rappelles pour qu'elle autorise la publication de l'article, dit Hilke en guise d'encouragement, telle une grand-mère attentionnée dont la bienveillance vient du cœur, mais qui est elle-même absolument hors du monde.

– Je le ferai par mail, répond Sven, impassible.

– Et à l'occasion, tu pourrais discrètement laisser entendre que tu es intéressé par... euh... une nouvelle collaboration ? propose-t-elle d'un air détaché.

– Je ne vais pas m'effondrer juste parce que je me suis fait larguer par une femme. Alors, n'en fais pas un drame. Je t'ai parlé de ce rendez-vous uniquement parce que tu l'aurais su de toute façon.

– Mais c'est un drame si tu laisses tomber maintenant comme ça !

– Chère Hilke, nous ne sommes pas dans un film mais dans la réalité, et j'ai beaucoup de choses à y faire. Alors, si je pouvais me consacrer à nouveau à mon boulot...

– Cher Sven, que ce soit dans la réalité ou au cinéma, il faut toujours se battre pour l'amour.

– Qui dit ça ?

– Eh bien, moi, et tout le monde ! Et certainement aussi Clara, romantique comme elle est.

– Oui, tellement romantique qu'elle m'a laissé tomber comme une vieille chaussette !

– Mais tu dis qu'elle est séduisante. Et...

– Et alors ?

– Je suis désolée mais toi aussi, tu es séduisant.

Sven regarde par la fenêtre, gêné. Il n'est pas habitué à entendre des compliments de la part de sa collègue plutôt portée sur les insultes.

– Hum... OK, mais ça ne veut pas dire que je plais à Clara.

– Qu'est-ce qu'elle a dit exactement ?

– Je viens de te le dire.

– Pas vraiment ! Enfin si, mais il faut que je le sache exactement. Il y a des différences minimes mais subtiles !

– Ah, les femmes ! Alors, j'ai pris poliment congé en disant que nous pourrions en reparler en privé à l'occasion, parce que c'était vraiment sympa.

– Et qu'a-t-elle répondu ?

– Eh bien, rien ! Elle a juste souri, évité mon regard comme pendant toute la conversation et m'a souhaité un bon retour.

– Oui, mais elle ne t'a pas « largué » du tout !

– Mais là, si, dit à présent Sven d'un ton nettement plus acerbe en attrapant son portable.

Lorsqu'il montre à Hilke le dernier SMS de Clara, elle garde un silence gêné.

Même une romantique comme sa collègue doit comprendre en lisant ça que Clara est encore bien trop occupée avec son ex, pense Sven. Cela n'aurait tout simplement aucun sens de lui faire des avances.

– Tu vois, dit-il, elle parle déjà d'infidélité alors qu'elle m'a à peine regardé !

Hilke fait une moue déçue et prend une profonde inspiration. D'une certaine manière, Sven est soulagé qu'elle le laisse enfin tranquille.

# CLARA

Clara est au lit, mais pas moyen de dormir. Elle a passé un week-end épuisant à rénover l'atelier, elle tenait à peine sur ses jambes, mais elle a tout de même tenu à inviter Katja au Castello le dimanche soir pour la remercier.

Bien évidemment, Katja s'est sentie obligée de cuisiner aussitôt Beppo sur ce journaliste et sa compagne. Certes, il n'aurait pas pu jurer qu'ils étaient ensemble, mais il ne pouvait pas non plus jurer le contraire.

Katja l'a tellement soûlée avec son numéro d'entremetteuse que Clara lui a finalement promis d'écrire au moins un SMS à Sven Lehmann.

Elle a été bien inspirée d'enregistrer son numéro quand il l'a appelée pour dire qu'il avait du retard.

Clara ouvre une troisième fois ses textos, histoire de s'assurer qu'elle n'a pas écrit quelque chose d'inepte. Du genre pas clair du tout ou inversement bien trop clair, une chose qui l'incite à ne pas donner suite. Elle se relit à haute voix une fois de plus et tente de se trouver – au moins rétrospectivement – un ton irréfutablement sympa.

**Salut, j'ai oublié de vous remercier de m'avoir invitée. Merci ! Et au cas où vous auriez envie de ce deuxième verre le week-end prochain, je le prendrais bien volontiers avec vous. Clara S.**

Ne serait-ce que par politesse, il aurait dû répondre depuis longtemps. Était-ce trop direct ? se demande Clara en se débattant avec les codes un peu oubliés de ce cruel monde des célibataires qu'elle espérait bien avoir quitté à jamais. Avec Ben, ça s'était passé complètement autrement. Il lui avait illico demandé un deuxième rendez-vous au Cheers dès leur première rencontre sans faire mystère de son projet de conquête.

Clara consulte une nouvelle fois ses messages. À part deux SMS à Katja, ils étaient tous pour Ben, sauf justement celui de Sven Lehmann. Du coup s'impose l'amer constat du désert qu'est devenue sa vie sociale. Comme le dit l'adage : « C'est dans les moments de crise qu'on reconnaît ses véritables amis. »

Au début, ses nombreuses connaissances prenaient régulièrement des nouvelles. Mais maintenant, au bout de six mois bien tassés, Clara hésite à se manifester tant elle craint d'être source d'embarras et de tristesse. Et inversement, les autres semblent incapables de se comporter naturellement avec elle.

À l'avenir il faut s'arranger pour ne pas hypothéquer les nouvelles connaissances en évoquant le passé. Il s'agit d'aborder tout éventuel partenaire avec le plus de légèreté possible, pas question de l'effaroucher avec son histoire à elle.

Parce qu'avec Sven Lehmann, vendredi soir, que ce soit à la gare, à l'atelier ou ensuite au Cheers, Ben était présent partout. Notamment quand le journaliste a visité ses locaux et fait des photos d'elle, Ben était bizarrement très proche, comme s'il voulait lui signaler qu'elle était entre de bonnes mains.

D'ailleurs, à sa façon, Sven Lehmann lui a inspiré un sentiment de confiance et de proximité. Tout en la stressant un maximum !

*Peut-être aussi qu'il me rappelle quelqu'un*, se dit Clara en se creusant vainement la tête. *En tout cas pas Ben, sûr et certain*, se dit-elle en s'enfouissant confortablement sous sa couette. D'ailleurs, sur bien des plans, ce Sven a l'air d'être l'exact contraire de Ben. Est-ce bon ou mauvais signe ? Sur ce, qu'elle arrête de penser en pure perte à ce Sven Lehmann ! Il n'a même pas répondu à son SMS, ça montre combien il la prend au sérieux. C'est sûrement le genre de type qui propose à des milliers de filles de « boire un deuxième verre » et les oublie instantanément.

o | o

Le lendemain vient confirmer son opinion de Sven Lehmann. Assise devant son ordinateur, elle transfère tel quel le mail qu'elle vient de recevoir à Katja. Sa froideur et son arrogance se passent de commentaire.

**Chère madame,**
**Ci-joint l'article terminé, merci de bien vouloir donner votre accord rapidement.**

**Merci beaucoup de votre coopération et bonne chance pour votre activité de free-lance.**
**Bien cordialement.**
**Sven Lehmann**

Elle ne sait pas à qui elle en veut le plus : à ce snobinard hambourgeois ou à sa propre personne. Dire qu'elle s'est imaginé qu'un courant particulier était passé entre eux pendant cette soirée ! Un deuxième dîner aurait probablement été emprunté et sans intérêt. N'empêche qu'elle ressent l'absence de réponse à son texto et l'impersonnalité extrême de son mail comme un affront. Elle a envie de marquer le coup.

Elle va relire l'article d'un œil hyper critique et relever le moindre mot qui n'ait pas l'heur de lui plaire.

Ce n'est qu'à cet instant qu'elle voit que le mail contient des photos en pièces jointes. Elles lui étaient sorties de la tête. L'article présente les photos d'autres free-lance, une femme et deux hommes qui ont eux aussi cette année sauté le pas d'une activité indépendante. Clara constate avec surprise qu'elle seule a droit à deux photos. Et que ses toiles et l'enseigne sont remarquablement mises en valeur, bien qu'elles soient encore posées à même le sol de l'atelier. Sven Lehmann ne s'est pas trompé en disant que c'était ce genre de photos qu'il fallait. Des clichés qui montrent bien les candidats au travail indépendant dans leur phase de démarrage.

Un sourire échappe à Clara quand elle lit la légende des photos :

*Clara S. dans l'atelier qu'elle vient de louer et va ouvrir à l'enseigne* OBJETS D'ART ET D'ARTISANAT *: « Il faut avoir l'esprit d'entreprise et aussi une bonne dose de naïveté. »*

*J'ai vraiment dit ça ?* se demande Clara, bien obligée de se remémorer l'échange fort stimulant qu'elle a eu au Cheers ce soir-là avec cet habile scribouillard. Il trouvait sa naïveté rafraîchissante, mais sa démarche, astucieuse et son travail d'artiste, intéressant.

Clara avait protesté brièvement, mais honnêtement concédé : « Une artiste qui ne connaît visiblement pas grand-chose aux affaires. »

Sur quoi il avait ri de bon cœur. D'ailleurs, l'heure avançant, ils avaient beaucoup ri. Qu'il s'agisse du job ou des quelques rares digressions d'ordre privé.

Mais le plus curieux, c'est quand Clara avait parlé de ses toiles. Elle avait eu l'impression que Sven Lehmann était suspendu à ses lèvres, mais en même temps étrangement réservé quand elle avait avoué que la série des lunes était étroitement liée à sa vie privée et qu'elle ne souhaitait pas en parler.

Il avait eu un mouvement singulier, comme s'il était sur le point de lui confier quelque chose de très intime. Mais en fin de compte il avait déclaré être un vrai béotien en matière d'art, et pourtant – ou peut-être à cause de cela précisément – être impressionné par la force de ses tableaux.

Clara est donc très curieuse de voir ce qu'il a écrit sur son travail.

Elle commence par survoler le texte, pour le reprendre ensuite tranquillement phrase par phrase, et tant pis si elle doit lui sacrifier sa pause déjeuner.

À la fin de sa lecture, elle est soulagée et aussi un peu déçue que « l'enthousiasme naïf » des quatre candidats à l'indépendance dépeints dans l'article ne se retrouve nullement dans le ton du texte. Celui-ci est tout en sobriété, la marque de fabrique de Sven Lehmann visiblement.

Sans attendre la réaction de Katja, Clara clique sur « Répondre ».

**Cher monsieur,**
**Merci de l'objectivité de votre article, que j'autorise donc expressément.**
**Tous mes vœux de réussite à tous égards.**
**Bien cordialement.**
**C. Sommerfeld**

Elle clique sur « Envoyer » et le transfère également à Katja sans aucun commentaire.

∘ | ∘

Les jours qui restent avant l'ouverture de son atelier passent à une vitesse folle. Clara est bien contente de pouvoir échanger toutes ses heures supplémentaires contre du temps libre. Encore qu'il n'en soit pas vraiment question. La liste des choses qu'elle doit encore faire jusqu'au dimanche suivant lui semble sans fin ; sans l'aide de sa mère et de Katja, ce ne serait pas jouable.

– Dis voir, je ne veux pas te soûler avec les mille trucs que tu as sur le dos, dit Katja en épluchant un soir la liste des invités, mais comment ça se fait que Sven Lehmann n'y soit pas ?

– Tu as dit que tu ne voulais pas me soûler... argue Clara sans lever les yeux de sa pile d'enveloppes.

Katja a compris, ce n'est pas le moment de discuter, elle rend les armes :

– OK, donne-moi ça, je vais le faire. Occupe-toi plutôt d'accrocher les toiles. Mais attends ! Qu'est-ce que c'est que tous ces noms que je ne connais pas ? Ce sont tes collègues ?

– Oui, je fais d'une pierre deux coups. Je leur dis simplement que le vernissage fera office de pot de départ de l'agence. Et puis il y en a qui m'ont vraiment aidée.

– Je vois.

– Pas comme toi, bien sûr ! crie Clara en allant accrocher les toiles dans la pièce adjacente.

– Hum ! Justement, parfois il faut faire le bonheur des gens malgré eux, dit Katja si bas que Clara ne peut pas l'entendre.

Et elle fourre une invitation dans une enveloppe encore vierge et la glisse dans son sac à main.

# SVEN

– Enfin ! lance Hilke à son collègue préféré, tout excitée.

– Bonjour, bonjour ! Qu'est-ce qui se passe ? demande Sven, pas encore vraiment réveillé.

– Tu as du courrier ! déclare Hilke solennellement en désignant le bureau de Sven. De Lüneburg !

– Aha, marmonne Sven en allant se chercher un café, sachant pertinemment qu'il va rendre Hilke folle de rage.

– Alleeeez, ouvre-la ! exige-t-elle lorsqu'il revient un peu plus tard, en lui mettant une enveloppe bleue sous le nez.

Agacé, Sven déchire l'enveloppe et parcourt les quelques lignes. Il jette ensuite l'enveloppe et le carton qu'elle contenait directement dans la corbeille à papier.

– Tu es fou ? Qu'est-ce que c'était ?

– Juste une invitation.

Hilke regarde Sven d'un air interloqué.

– À l'inauguration de son atelier.

Sven se tourne de nouveau vers son bureau et allume son ordinateur.

– Et tu ne veux pas y aller ?

– Pour quoi faire ?

– Parce que ce n'est pas poli de ne pas y aller !

Sven regarde Hilke comme si elle était une enfant qui vient de dire une bêtise.

– Et parce que c'est gentil de la part de Clara Sommerfeld de t'inviter, ajoute-t-elle à voix basse.

Sven reste impassible.

– Et de toute façon, tente encore Hilke, qu'est-ce que tu as à perdre ?

– Mon cœur, marmonne doucement Sven en fixant son écran.

Hilke s'approche de la corbeille à papier, repêche le carton d'invitation et le lit.

– Oh, tu sais quoi ? On n'a qu'à simplement y aller ensemble, suggère Hilke, toute contente.

Théâtral, Sven laisse tomber sa tête sur son bureau.

– Qu'est-ce que j'ai fait pour mériter ça ?

# CLARA

Clara écrit en vitesse un dernier texto à Ben avant que le jour J ne commence réellement. Sa mère est déjà là avec Reinhard, Lisbeth et Willy. Il manque encore Katja et Andy évidemment. Mais celui qui manque le plus, c'est Ben, se dit Clara.

Elle hésite entre les larmes et le rire, espérant que lui écrire va la calmer un peu.

> **Mon chéri, je suis tellement excitée et reconnaissante ! Tu me manques terriblement, mais tu es quand même là, je le sais. Merci !**

Clara a fixé le début du vernissage à onze heures, il est presque la demie maintenant et il n'y a toujours qu'une poignée de personnes dans les deux espaces. De temps à autre, toutefois, quelques inconnus entrent dans la boutique.

En ce dimanche où les magasins sont ouverts, les gens affluent dans le centre-ville et les rues avoisinantes. Tout un chacun se voit offrir un verre de prosecco ou de jus de fruits et des petits fours. En dépit des véhémentes protestations de Clara, Beppo a tenu à offrir le cocktail, c'est son cadeau, a-t-il déclaré.

Clara se libère un instant d'un petit groupe d'ex-collègues pour souffler un peu et laisser agir sur elle ce moment irréel.

Elle apprécie que Niklas et sa femme se soient déplacés. Son futur ex-boss ne l'a pas licenciée de gaieté de cœur, elle le sait. L'avenir de l'agence est toujours incertain. Mais tout le monde la félicite de son talent et de son courage. Et bien que l'accélération des événements ces dernières semaines la laisse un peu pantoise, tout au fond d'elle-même Clara sent qu'elle a raison de se lancer.

Elle s'apprête à regagner la salle principale quand elle s'arrête, interdite.

Sven Lehmann est là ! Accompagné d'une jolie brune, il vient juste de se mêler aux invités qui sont bien une vingtaine à présent. À peu près à deux mètres derrière eux, Clara distingue enfin Andy et Katja.

Katja semble se dissimuler derrière son ami, pour pouvoir épier tranquillement l'arrivée des nouveaux venus. Clara lui lance un regard sévère et descend lentement les marches.

Katja hausse les épaules, un peu gênée, met le cap vers son amie et dit précipitamment en piquant un fard :

– OK, j'avoue tout, c'est moi. Mais la gonzesse, je ne sais pas d'où elle sort.

La fille en question n'est pas que jolie, elle est malheureusement aussi extrêmement sympathique, ce qu'on ne peut pas dire de Sven Lehmann à cet instant précis. Certes, sa veste de velours brun lui va comme un gant, mais il laisse errer son regard avec un air d'ennui suprême. *Quel type arrogant !* gémit Clara intérieurement. Son amie, au moins, s'intéresse passionnément aux tableaux exposés.

- Allez, bouge-toi ! l'exhorte Katja non sans une touche de condescendance, due simplement au fait que Clara n'a pas le choix.

- Euh... Bonjour, bafouille Clara en lui tendant la main. Merci d'être venus tous les deux, ment Clara en regardant sa charmante compagne.

- Hilke Schneider, je suis la collègue de Sven - et une de vos fans ! dit la brune avec un enthousiasme qui a des accents de sincérité.

- Clara Sommerfeld. Merci beaucoup. Je peux vous offrir un verre ?

Clara désigne Katja qui s'occupe déjà gracieusement des invités en circulant avec un plateau de verres de prosecco.

- Oui !

- Non !

Hilke et Sven ont répondu simultanément. Clara les dévisage à tour de rôle et ils éclatent tous les trois d'un rire un peu gêné.

- Un instant, dit Clara en faisant signe à Katja.

- Eh bien... merci pour l'invitation, articule Sven Lehmann un peu gauchement, tandis que Clara tend un verre de prosecco à sa collègue.

- Tout le plaisir est pour moi. Je vous présente mon amie et associée à ses moments perdus, Katja Albers. Katja, voici Hilke Schneider et Sven Lehmann.

– C'est vous qui avez écrit ce super article ? s'enquiert Katja.

Andy se joint à eux, et ils se mettent à bavarder tous les quatre. Mais Clara n'est pas d'humeur à faire des efforts pour Sven Lehmann, d'ailleurs elle doit s'occuper de ses autres invités.

Il y a des questions auxquelles elle n'a jamais réfléchi. Par exemple, où prend-elle ses idées, à quel âge elle a commencé à peindre, si on peut avoir les aquarelles de Lüneburg sous forme de calendrier ou de tasse, s'il existe un catalogue, ou encore quand commencent les cours de peinture dont il était question dans la presse locale.

Au bout d'une demi-heure, Hilke s'approche de Clara pour se renseigner sur un tableau qu'elle voudrait acquérir mais dont le prix n'est pas affiché. Elles s'accordent rapidement sur une somme dont Clara pensait initialement qu'elle allait être bien plus modeste. Hilke Schneider, quant à elle, n'en revient pas de sa chance.

– Je vais rentrer à Hambourg avec une véritable affaire, dit-elle en souriant chaleureusement à Clara, avant d'ajouter brusquement : À propos, je vous ai menti tout à l'heure...

Elle jette un regard amusé vers Sven qui converse avec animation. Un frisson parcourt Clara, qui pressent ce qui va venir. Dans moins de cinq secondes, cette fille canon va lui confier qu'elle et Sven Lehmann, en plus d'être collègues, sont en couple. Et qui sait, elle est peut-être à sa septième semaine de grossesse et va l'épouser très prochainement.

– Ah bon ? fait Clara, mal à l'aise.

– J'aime vraiment ce que vous faites, mais il y a quelqu'un qui est encore plus fan de vous que moi... dit-elle tout sourire en jetant un regard de biais aux autres.

Puis elle déclare aimablement qu'elle est obligée de partir – non sans avoir souhaité à Clara tout le bien possible en lui adressant un clin d'œil complice.

Clara la suit, décontenancée, pour prendre aussi congé de Sven.

– Eh bien... euh... votre collègue m'a dit qu'elle devait partir, glisse Clara en se mêlant à leur conversation et en espérant que sa gaucherie passe inaperçue dans le brouhaha des voix.

Pendant que Hilke Schneider va chercher ses affaires, Katja et Andy s'éloignent pour aller reprendre un verre.

– J'espérais vous revoir dans un autre contexte, dit Sven tout de go.

– Ah oui ? Et lequel, si je peux me permettre ?

– Avec moins de gens.

– Vous avez donc envie de ce fameux deuxième verre, finalement ?

– Comment ça, « finalement » ? Je ne me souviens pas d'avoir changé d'avis.

– Mais vous ne l'avez pas confirmé non plus.

– Eh bien, je vous le confirme !

Sven n'en revient pas de ce qu'il vient de dire.

– Et qu'est-ce que vous proposez ?

Clara n'en croit pas ses oreilles, elle vient de dire ça, elle ?

– De recommencer.

– OK, alors peut-être vendredi prochain, à la même heure tardive à la gare, le même bistrot, le même plat, le même vin. Sauf que cette fois j'en bois aussi et j'ai aussi le droit de poser des questions ?

– C'est une promesse ou une menace ? demande Sven en la regardant ironiquement.

– Les deux !

Ils échangent un sourire et prennent congé avec une poignée de main. Et il se pourrait qu'elle ait duré deux secondes de plus que la normale. Deux secondes assez excitantes, s'avoue Clara.

# SVEN

Vendredi soir, Sven se rend pour la troisième fois dans les toilettes peu accueillantes du train, avec la boule au ventre.

En se regardant dans le miroir, il se demande s'il n'aurait pas mieux fait de mettre une chemise au lieu d'un pull. Mais Hilke a affirmé, sans qu'il lui demande son avis, que Clara préfère certainement le genre décontracté à l'employé de bureau. Et Hilke a aussi approuvé le choix de son after-shave. Sven n'avait pas réalisé jusque-là que sa collègue savait qu'il en utilisait un. Mais maintenant, il se demande s'il n'en a pas trop mis.

La simple idée de se retrouver à nouveau autour d'une table avec Clara le met dans un état de nervosité qu'il ne devra surtout pas laisser transparaître en lui disant bonjour. Le mieux serait de commencer par lui faire un compliment qui la subjugue d'emblée et lui montre clairement qu'il n'est pas tout à fait maître de lui, mais complètement sous le charme.

# CLARA

Clara attend sur le quai de la gare, les mains fébriles. Ce rendez-vous lui paraît totalement irréel. Pas un texto, pas un mail, pas un appel - depuis dimanche, silence radio, rien qui puisse lui prouver que cet échange avec Sven Lehmann ait finalement bien débouché sur un rendez-vous après plusieurs verres de prosecco.

On annonce déjà l'entrée en gare imminente du train en provenance de Hambourg. C'est exactement comme l'autre fois, sauf qu'aujourd'hui elle n'est pas seulement nerveuse, mais également super excitée et inquiète, à la fois de ses états d'âme et de son apparence physique.

Elle s'est assurée cinq fois auprès de Katja qu'un jean et un haut un peu décontracté convenaient vraiment pour cette soirée. Katja lui a aussi rappelé au téléphone de ne pas forcer sur le maquillage - Sven n'a pas l'air du genre à aimer les pots de peinture. En revanche les talons sont expressément conseillés, sinon en cas de baiser elle risquerait de lui arriver sous le menton.

Rien que cette idée accélère les battements de son cœur. Sans parler du reste. Elle décide d'envoyer encore un message apaisant à Ben, tant elle a peur d'exploser sur place.

**Ah ! Ben, je te garderai toujours dans mon cœur quoi qu'il arrive. Promis !**

o | o

Les yeux fermés, Clara respire voluptueusement la bonne odeur de café fraîchement moulu. Elle s'étire sur les coussins délicieusement moelleux de son canapé et s'abandonne au sentiment de bien-être qui l'envahit toute. C'est sûrement le week-end !

Mais d'où viennent cette odeur de café et ces bruits de cafetière électrique ? Et tous ces objets qu'on entrechoque dans la cuisine ? Et ces papillons qu'elle a dans le ventre ? Comme si le film de sa vie était subitement passé du noir et blanc à la couleur. Et pourquoi diable a-t-elle la tête comme une citrouille ?

Serait-ce dû à ces nombreux verres au Cheers et au crémant qu'ils ont ouvert en arrivant chez elle, tard dans la nuit ?

Clara s'efforce de se repasser en accéléré tous les heureux épisodes de la veille. Mais est-ce que ces souvenirs quelque peu flous lui restituent vraiment tout ? Se serait-il passé autre chose qu'elle pourrait regretter rétrospectivement ?

*Est-ce que j'ai parlé de Ben ?* se demande Clara en se redressant d'un seul coup. Pourtant elle est à peu près sûre de ne pas avoir convoqué ce sombre passé de peur de faire fuir Sven et d'avoir juste évoqué une histoire très dure qui la hante encore parfois.

En revanche elle se souvient parfaitement d'avoir ânonné, face à son image souriante dans le miroir, la dernière fois qu'elle était allée aux toilettes au Cheers, la résolution formelle de ne pas ramener Sven à la maison. Comment se fait-il qu'ils aient, peu après, mis le cap sur son appartement au lieu de la gare ? Clara survole en pensée toutes les pièces en se demandant s'il pouvait encore s'y trouver des indices de la présence de Ben. Mais la plupart des souvenirs de lui se dissimulent dans des tiroirs, des armoires ou des boîtes fermées. Seule la chambre à coucher tient encore lieu de sanctuaire. Clara y a sa photo sur sa table de chevet, les textes de ses chansons affichées au mur, un tee-shirt pas lavé et sa couette avec son oreiller qu'elle n'a jamais changés sur la moitié gauche du lit... Autant d'excellentes raisons de ne pas laisser aller les choses jusqu'à la dernière extrémité et de faire dormir Sven sur le canapé.

Des bruits de verre et de métal continuent à provenir de la cuisine, mais presque étouffés, comme si Sven s'efforçait de ne pas la réveiller. Doit-elle le prendre par surprise en allant se blottir contre son dos ou attendre paresseusement la suite des événements ?

Elle remonte sa couette jusqu'au cou et savoure la sensation d'une présence dans l'appartement. Comme pendant toute cette nuit. C'était tout simplement merveilleux cette tension très excitante et, en même temps, cette singulière proximité.

Leurs mains se sont d'abord, comme fortuitement, effleurées à table. Puis ils se sont retrouvés enlacés sur son canapé, et c'est comme si elle avait émergé d'un sortilège dont elle ignorait qu'il la tenait prisonnière. Mais si elle a aimé se donner à Sven et goûter le sentiment d'être désirée, pendant toute cette nuit le plus divin a été qu'il soit si proche - sentir son souffle léger sur sa nuque. Jusqu'à ce qu'ils finissent par s'endormir dans les coussins, lovés l'un contre l'autre, à un moment donné, à l'aube.

# SVEN

En rentrant de la gare, Sven ne pense pas seulement à Clara, à ses yeux brillants et à sa sensualité, mais aussi à David. Il y a quelques jours encore, il aurait pris pour un fou son ami qui faisait toute une histoire de sa rencontre avec une femme. Et maintenant, apparemment, cela lui est arrivé à lui aussi.

*Je suis amoureux*, pense-t-il. Et tout ce qui lui était encore inimaginable il y a peu de temps lui paraît soudain tangible et facile. Comme un chemin tout tracé auquel il ne peut échapper.

Même s'il avait eu envie de sauter sur Clara dès son arrivée à Lüneburg et que l'idée de faire l'amour avec elle éveillait en lui un profond désir, il trouvait quand même tout à fait charmante la façon dont ils avaient fait tous les deux preuve de réserve.

Au contraire, il ressentait le besoin de s'imprégner d'abord de chaque expression, de chaque geste et de chaque sourire venant d'elle. Comme s'il devait commencer par donner vie, peu à peu, à tous les fantasmes qu'il avait associés à Clara. Même si, en dépit de sa retenue, cette femme lui semblait déjà familière ; quand il l'observait, un monde nouveau s'ouvrait à lui, un monde qu'il voulait absolument explorer. Car moins Clara se dévoilait, plus il avait envie de tout savoir d'elle. La veille, elle était restée très discrète sur son passé. Sven avait eu du mal à ne pas se laisser emporter par une déclaration irréfléchie. Il réussit à dissiper plus ou moins le malentendu sur le SMS que Clara – croyant lui écrire à lui – avait envoyé à l'adolescent de la gare d'Altona. En tout cas, elle avait eu l'air de croire à son histoire. Il ne voulait pas perdre d'emblée la confiance si difficilement acquise. Il lui avait donc simplement expliqué qu'il s'agissait d'un portable professionnel qu'il ne prenait que pour ses rendez-vous extérieurs et qu'il ignorait le reste du temps et oubliait dans le tiroir de son bureau. Sven avait eu la chance que Clara ne lui demande pas tout de suite son numéro de portable privé. Car dans cette ambiance délicieuse et romantique sur le canapé, il lui aurait été impossible d'inventer une raison plausible pour ne pas le lui donner.

Mais Sven sait qu'il ne peut pas laisser Clara dans l'ignorance indéfiniment. D'ici leur rencontre vendredi prochain à Hambourg, il va réfléchir à un moyen de lui dire toute la vérité, doucement mais directement, pour que plus rien ne les sépare.

C'est avec cette ferme intention qu'il gravit précipitamment les marches de son appartement. Au moment où il s'apprête à jeter sa veste dans un coin, son portable se met à biper.

Sven sourit d'abord, puis déglutit péniblement en lisant le SMS de Clara :

**Oh ! Ben, je suis si heureuse mais je me sens coupable. Même si je suis en train de tomber amoureuse d'un autre, je ne t'oublierai jamais !**

À mesure que la soirée de la veille s'éloigne dans le temps et que les kilomètres qui le séparent de Clara augmentent, Sven a des doutes. Et si elle ne supportait pas la vérité ? Le regardera-t-elle toujours avec des yeux rêveurs lorsqu'il lui avouera tout ? Ne s'est-il pas fait des idées ? Et si l'attirance encore si palpable lors de leur petit déjeuner n'était qu'un vœu pieux ?

Sven lit et relit le message. Mal à l'aise, il se promet d'appeler Clara aujourd'hui même pour lui expliquer enfin tout ce qui se passe.

Alors qu'il se dirige vers la cuisine pour se faire un café, son téléphone fixe sonne. À part son père, presque plus personne parmi ses connaissances ne prend la peine de composer ce numéro - les gens le contactent sur son portable ou par mail.

Sven regarde l'écran. En découvrant l'indicatif, il prend une profonde inspiration, décroche et lance, d'un ton enjoué :

- Bonjour, ma beauté !

- Hum. De quelle beauté tu parles ? demande une voix sceptique mais familière.

- Pour moi, il n'y a qu'une femme au monde que je salue comme ça.

- OK, je veux bien te croire. Mais peut-être aussi que tu mènes une double vie ? le taquine Clara.

- Dans ce cas, je ne t'aurais certainement pas invitée chez moi.

– Hum, d’accord. Un à zéro pour toi. Mais pourquoi est-ce qu’il faut que je passe par les renseignements pour avoir ton numéro privé ?

– Eh bien, je ne vais pas te servir tous mes secrets sur un plateau d’argent. Il faut que tu les mérites l’un après l’autre !

– Et comment, s’il te plaît ?

– Oh, en nature. De doux baisers, des massages de la nuque, des caresses tendres...

– OK, je vois, et tu peux sûrement avoir beaucoup d’autres idées.

– En effet.

Sven ne peut s’empêcher de sourire.

– J’ai vraiment aimé notre soirée...

– Moi aussi, souffle Clara dans l’écouteur. (Puis elle demande :) Qu’est-ce que tu faisais ?

– J’allais justement me faire un café. Tu peux passer, je t’en ferai un aussi.

– Ne recommence pas avec ça, tu sais bien que...

– Que tu es débordée de travail, je sais. Est-ce que je peux t’aider en quoi que ce soit ?

– Hors de question que je te sollicite. En plus, tu m’as déjà bien aidée avec ton article. Et ce n’était pas encore le meilleur de notre rencontre.

Une fois de plus, Sven ne peut s’empêcher de sourire. Il attrape sa tasse préférée, s’y verse le café et un peu de lait avant de s’installer confortablement sur le canapé pour écouter la voix de Clara.

# CLARA

Clara a l'oreille en feu d'avoir téléphoné si longtemps. Dire qu'elle voulait juste lui faire un coucou avant d'aller à l'atelier régler toutes les questions restées en suspens !

C'est Katja qui l'a sommée d'appeler Sven. Et Clara se sent maintenant confortée dans l'impression qu'elle avait de lui. Cet homme prend vraiment leur histoire au sérieux.

Sauf que la moitié du dimanche est déjà passée à présent et qu'elle est absolument incapable de se concentrer. Suivant une brusque impulsion, elle décide d'aller marcher et de rendre visite à ses grands-parents.

Il faut qu'elle mette un peu d'ordre dans ses pensées. Un tour du monde ne suffirait pas à démêler le chaos excitant qui lui agite la tête. Sven est omniprésent. Et tout ce qui, il y a quelques jours encore, lui paraissait d'un sinistre désespérant s'éclaire soudain ; c'est tout juste si elle se souvient encore de ce sentiment paralysant. Elle est dans un film aux couleurs chatoyantes, dans lequel elle joue le premier rôle et qu'elle peut en même temps regarder en spectatrice ravie.

Même Katja affirme ces derniers temps qu'un amour véritablement sincère se manifesterait plutôt discrètement, calmement. Elle en a même la preuve : elle est actuellement sur un petit nuage grâce à Andy, mais pour la première fois de sa vie elle se sent intérieurement tranquille. Mais merveilleusement tranquille. Comme si elle avait enfin trouvé la paix.

Clara a d'abord eu du mal à la suivre dans cette description de ses sentiments. Elle ne saisissait tout bonnement pas en quoi cette histoire avec Andy différait de ce sac de nœuds passionnel avec ce Robert. Et pourquoi ça ne se terminait pas aussi vite. En effet, exit Robert depuis que Katja avait été trouver sa femme et l'avait carrément interrogée sur leur prétendue séparation. L'épouse était tombée des nues. Dès lors, pour Katja, l'affaire était classée. Elle avait presque l'air soulagée qu'après de longues et douloureuses semaines advienne la fin tant redoutée. Au moins elle savait à quoi s'en tenir.

Entre-temps Clara voit ce que Katja veut dire quand elle parle de son nouvel état d'esprit. La métamorphose de son amie est telle qu'elle a même parlé incidemment, au détour d'une phrase, de « désir d'enfant ». Mais Clara était tellement occupée à raconter sa nuit avec Sven que sur le moment elle n'a pas pris conscience de l'importance de ces mots.

Elle se demande si elle doit confier cette rencontre à Lisbeth. Mais quelque chose lui dit que c'est encore trop tôt. De toute manière Lisbeth fera la connaissance de Sven un de ces jours, c'est certain. Et si tout continue à se dérouler merveilleusement bien, l'occasion ne tardera pas à se présenter. Mais Clara n'est pas pressée. Elle a envie de laisser faire les choses. Rien que cette impression d'avoir recouvré toute sa confiance dans la vie l'emplit d'un sentiment de gratitude qui la comble.

# SVEN

*Comment ai-je pu oublier que cuisiner était si amusant ?* se demande Sven en assaisonnant, tout fier, sa farce pour les tomates. Il veut les servir avec des langoustines et du champagne quand Clara va arriver. Il a déjà transformé sa terrasse en une mer de petites bougies très sympathique, pour qu'elle se sente la bienvenue et, espère-t-il, vraiment à l'aise.

Il va falloir qu'il se dépêche. Il reste encore des choses à faire disparaître, comme les chaussettes de sport sales qui traînent, le *Playboy* sur la table de nuit ou les traces de dentifrice dans le lavabo. Car il part du principe que Clara passera la nuit chez lui.

Dans tous les appels téléphoniques qu'ils ont échangés depuis dimanche dernier, il y avait des allusions, si bien que Sven attend cette rencontre avec impatience.

Si elle est à l'heure et que, contre toute attente, elle trouve d'emblée une place de parking, elle pourrait déjà sonner dans cinq minutes et être ici une minute plus tard. Au moment où Sven s'apprête à regarder depuis la terrasse s'il la voit se garer, histoire de préparer quelques remarques machos, on sonne à la porte.

Le cœur battant, il se précipite à la porte, qu'il ouvre d'un coup. Clara est là, ravissante, débordante de vie, vêtue d'une jupe d'été qui lui arrive aux genoux et d'une veste en jean sous laquelle Sven distingue un tee-shirt vert clair moulant au décolleté très prometteur.

– Ouah ! s'exclame Sven en l'invitant à entrer.

– Ouah ! lance Clara à son tour en entrant dans le loft. Je n'imaginais pas que tu avais si bon goût.

Elle sourit à Sven et l'embrasse furtivement et délicatement sur les lèvres.

Sven aimerait pouvoir arrêter le temps pour bien réaliser cet instant et le savourer. Mais il s'efforce aussitôt de prendre un air plus détendu et dit :

– Si je n'avais pas si bon goût, je ne pense pas que tu m'obséderais à ce point.

Clara sourit, gênée, et Sven ne sait pas trop si c'est par coquetterie ou si elle se laisse effectivement facilement déstabiliser par ses compliments. Il est impatient d'en savoir plus sur elle et d'approfondir toutes les questions en suspens, peu à peu.

– Et je ne pense pas que ça sentirait aussi bon ! ajoute Clara en regardant autour d'elle, curieuse.

Sven commence par lui enlever sa veste, puis l'emmène à travers son royaume jusqu'à la table dressée sur la terrasse.

– J'espère que tu as faim ? demande-t-il pour masquer sa nervosité.

Clara le regarde à nouveau, un peu gênée, et répond :

– Oui, mais pour être honnête, je suis presque un peu trop nerveuse pour manger tout de suite.

Elle s'approche de Sven et le regarde intensément. Ce sont ses yeux qui le bouleversent une fois de plus, il a juste envie de la prendre dans ses bras. Il sourit et lui fait signe de ne pas bouger de là. Prestement, il disparaît dans la cuisine chercher le champagne au réfrigérateur. En revenant, il aperçoit la pochette de Pink Floyd à côté de sa platine. Il la cache rapidement parmi les autres disques et met un CD avec des morceaux de piano accrocheurs et légers. Ensuite, il se dirige directement vers Clara, la prend dans ses bras et lui souffle :

– Viens.

D'une main, il prend la nuque de Clara, de sorte qu'elle repose un moment la tête contre sa poitrine. Lorsqu'elle lève à nouveau les yeux, elle approche ses lèvres pour l'embrasser lentement et intensément.

o | o

Environ deux heures et de nombreux baisers plus tard, la bouteille est vide. Même les langoustines grillées ont toutes disparu. Sven s'est donné beaucoup de mal pour nourrir Clara avec amour. Chaque bouchée était une sorte de récompense pour avoir répondu sagement à toutes ses questions. Pourtant, elle ne cessait de souligner qu'un soir comme celui-ci elle préférait regarder vers l'avenir plutôt que vers le passé et que c'était à son tour de l'interviewer.

Lorsque Sven revient sur la terrasse avec une couverture en laine et une bouteille de vin blanc, il abaisse le dossier de sa chaise longue au maximum et fait signe à Clara de s'y installer pour qu'il puisse la couvrir délicatement.

– Voilà ! Le planétarium est ouvert, dit-il solennellement et presque un peu fièrement. (Il se glisse à côté d'elle sous la couverture et passe son bras autour d'elle. Lorsque Clara se blottit contre lui, il ajoute :) J'ai encore autant de questions à te poser que tu peux voir d'étoiles !

Sven remarque qu'elle recule un peu et le regarde d'un air sceptique.

– D'accord, vous pouvez continuer à poser vos questions, monsieur le journaliste. Mais je me réserve le droit de décider si je dois y répondre fidèlement. De plus, nous échangerons les rôles après chaque question !

– Bon, d'accord. Mais c'est moi qui commence, déclare Sven. Chère madame Sommerfeld, veuillez dire à votre grande communauté de fans pourquoi vous avez tant de mal à dévoiler des détails intéressants sur votre vie privée ?!

Clara pousse un gémissement feint et répond ironiquement :

– Eh bien, une artiste célèbre doit garder des secrets pour être entourée d'une aura inspirante. (Elle sourit, souveraine, et poursuit :) Et vous, monsieur le pseudo-petit-rigolo-qui-n'a-de-secrets-pour-personne, pourquoi avez-vous tant de mal à révéler les détails intimes de votre passé ? Alors ?

Sven se racle la gorge, il a envie de répondre quelque chose de drôle. Mais il s'est promis d'arrêter de mentir inutilement à Clara. Il voudrait au contraire l'encourager à être franche avec lui, et ne pas devoir, par fausse pudeur, devoir garder pour elle une expérience aussi essentielle que la perte d'un être cher.

C'est pourquoi il s'oblige à ne dire que la vérité.

– Tout d'abord, je ne suis pas un « petit rigolo », et je ne parle des affaires de cœur qu'avec des gens en qui j'ai confiance. C'est pourquoi je te confie maintenant que j'ai failli perdre la foi en l'amour, parce qu'il m'a passablement déçu... Cela devrait suffire pour le moment. Maintenant, à mon tour : que signifient tes tableaux pour toi ? Que disent-ils ?

Clara se redresse un peu, si bien que Sven s'en veut car il sent qu'il est allé trop loin et devrait être plus prudent.

– Mes tableaux me donnent surtout de l'espoir. L'espoir que tous ces efforts pour être heureuse de ma vie ont un sens plus profond, que j'avais malheureusement complètement perdu il n'y a pas si longtemps... Alors, c'est à mon tour de me demander : qu'est-ce qui te donne de l'espoir ?

Sven ne peut s'empêcher de sourire, car il n'y a qu'une seule réponse, c'est Clara ! Mais il s'efforce de lui répondre plus clairement.

– Moi aussi, comme je l'ai dit, j'avais presque perdu espoir. Mais depuis que tu es entrée dans ma vie, je me sens soudain tellement vivant, je ne croyais pas cela possible.

– Oh là là, rétorque Clara, tu ne peux quand même pas avoir été si mort que ça si un jeu de questions-réponses suffit à te faire revivre !

Sven sait très bien que Clara essaie habilement de provoquer ses compliments. Il se montre volontiers charmant, car il sait ce qu'elle aimerait entendre, ce qui ne lui pose pas de problèmes. Mais il ne veut en aucun cas s'empêtrer davantage dans un mensonge qui pourrait briser ce rêve.

- Eh bien, il se trouve que tu m'as réveillé... il y a plus longtemps que tu ne le penses, s'aventure Sven, car il sait que c'est l'occasion de tout avouer à Clara. (Il peut enfin lui dire depuis combien de temps et avec quelle force elle est présente dans sa vie.) Alors, voilà... il faut que je te dise... sérieusement... que je suis tombé amoureux de toi. La première chose dont je suis tombé amoureux, c'est de ta fibre mélancolique, ton aptitude à me toucher avec les mots.

Clara lui caresse le visage et sourit, heureuse.

Alors il continue :

- Et j'aime ta légèreté naïve qui respire tant la vie. Quand tu peins ou que tu écris... Rien que le nom de « Mine ». D'où vient-il, en fait ? C'est une question qui me travaille beaucoup, dit Sven, soulagé d'avoir enfin franchi le premier obstacle à la vérité.

Clara se redresse brusquement. Ses yeux brillent, mais Sven ne parvient pas à comprendre pourquoi elle réagit si violemment.

- Qu'est-ce qu'il y a ? Qu'est-ce que j'ai dit ?

Clara se met soudain à trembler de tout son corps et regarde autour d'elle en cherchant ses chaussures.

- Clara, dis-moi ! Qu'est-ce qui se passe ?

Avec un regard glacial et les lèvres tremblantes, elle lui lance :

- Comment connais-tu ce nom ?

Sven est traversé par un éclair. « Mine » ! Comment a-t-il pu être aussi stupide ?! Il n'aurait pas pu choisir une entrée en matière plus grossière pour son aveu !

– Je… alors, écoute, je…

– Personne sur cette terre ne connaît ce nom, continue Clara. C'est du journalisme d'investigation ou quoi ?

Sven ne parvient plus à prononcer un mot.

– J'espère que tu as au moins pris du plaisir à fouiller dans mes affaires en cachette !

Clara se lève d'un bond, attrape ses chaussures et son sac, furieuse, et se précipite vers le couloir si vite que Sven n'a pas le temps de réagir et ne peut que crier :

– Clara ! Clara, s'il te plaît, arrête-toi. Clara !

Mais elle ne se retourne pas, elle claque la porte derrière elle et disparaît.

# CLARA

Clara est tellement plongée dans ses pensées qu'elle ne sait même plus vraiment comment elle est sortie aussi vite de Hambourg. En tout cas elle ne se souvient pas d'avoir pris la direction de Lüneburg. Et maintenant elle est presque arrivée. Sauf qu'elle parvient à peine à déchiffrer les panneaux tellement elle est aveuglée par les larmes.

Complètement désespérée, elle se demande ce qu'elle va bien pouvoir faire à présent. De sa soirée totalement fichue et, d'une manière générale, de sa vie. Une vie que Ben a bien bousillée, fulmine-t-elle intérieurement, encore qu'une mauvaise conscience tatillonne lui interdise immédiatement ce genre de pensées vindicatives, haineuses même.

Sans peser le pour et le contre, elle suit une impulsion subite et décide d'aller jusqu'à la sortie suivante, espérant que sa mère sera chez elle et aura du temps à lui consacrer.

Quelques minutes plus tard, elle sonne à la porte de l'appartement maternel, soulagée d'avoir vu de la lumière à la fenêtre du séjour.

– Clara, ma chérie ! Qu'est-ce qui se passe ?

Karine dévisage sa fille, consternée, et la prend dans ses bras.

– Ah, maman, c'est tellement horrible ! bafouille Clara en enfouissant sa figure dans le cou de sa mère, où elle laisse libre cours à ses larmes.

– Tout va bien, mon cœur, tout va bien, chuchote Karine en lui caressant les cheveux. Mais d'abord, entre. Je vais dire à Reinhard que tu es là. Et ensuite je te fais le thé que tu aimes et tu me racontes tout ça tranquillement. D'accord ?

o | o

Clara, qui s'était assoupie sur le canapé du salon, épuisée par cette soirée et sans doute aussi par tout ce qu'elle a traversé ces derniers mois, est à présent bien éveillée dans le lit de la chambre d'amis que les draps frais embaument.

Les paroles de sa mère résonnent encore en elle, et plus Clara réfléchit, plus elle se sent intérieurement calme.

Ça lui a fait un bien fou de se plaindre, sans retenue pour une fois, du malheur qui la frappe. D'avouer qu'elle est encore assaillie régulièrement par des sentiments de culpabilité extrêmement pugnaces. Qu'elle avait mis tant d'espoir dans un nouvel amour. Et qu'apparemment cette lueur n'était de toute manière qu'une goutte d'eau dans un océan de désespoir.

Dans un premier temps sa mère n'a pas compris que le problème n'était pas tant que Sven ait fouillé dans ses affaires. Karine le défendait même, arguant que cela ne faisait que démontrer combien il était curieux d'elle. Encore que, en fin de compte, il y ait tout de même des limites à la curiosité, finit-elle par admettre.

Clara était à deux doigts de se refermer comme une huître plutôt que de continuer à s'ouvrir pour se retrouver finalement encore plus seule et plus incomprise. Mais sans qu'elle eût besoin de s'expliquer plus avant, sa mère comprit très vite ce qu'elle ressentait. Elle trouva même parfaitement naturel que Clara ait du mal à faire confiance à quelqu'un. Même si ce quelqu'un ne prend pas ses jambes à son cou en apprenant combien le passé lui colle encore à la peau. Elle comprenait même ses craintes que Sven ne soit pas capable de s'engager sérieusement et que toute cette excitation amoureuse ne soit due qu'à l'euphorie des débuts.

Sans afficher sa science, sa mère mit en mots avec une grande justesse le souci majeur, bien compréhensible, de Clara d'avoir définitivement perdu toute aptitude à la confiance, tant elle a peur d'être trahie dans ses sentiments et de se retrouver encore une fois seule, abandonnée et impuissante.

Et au moment où Clara commençait à se demander dans quelle mesure le conseil de sa mère lui inspirait confiance, celle-ci apportait à la conversation un point de vue nouveau qui, depuis lors, ne cesse de l'occuper.

Clara venait de dépeindre qu'elle avait été à deux doigts de raconter à Sven toute l'histoire de son couple avec Ben. Justement parce qu'il lui donnait tellement l'impression que son intérêt pour elle était sincère. C'est à ce moment que sa mère lui demanda ce qu'elle savait en fin de compte de la vie intime de Sven. Et soudain lui revinrent très nettement à l'esprit les paroles de Sven sur l'espoir qu'il avait lui aussi retrouvé. C'était indéniablement courageux de sa part de se dévoiler ainsi à elle.

– Alors tu imagines ce qu'il doit ressentir maintenant ? avait observé sa mère. Il était sur le point de se livrer, de s'ouvrir à toi. Il t'a révélé des bribes de son passé, un peu de son intimité et il s'est retrouvé planté là tout à coup sans explication.

Elle prononça cette simple phrase sans jugement, d'une voix neutre, qui lui parlait comme à travers un miroir.

Et Clara ne peut s'empêcher de penser à Katja qui a toujours eu du mal à tomber le masque. Un miracle que, malgré une grosse déception, son amie ait rencontré Andy, un homme qui semble faire d'elle une personne plus confiante, moins cynique ! Clara sent monter en elle une humeur plus conciliante. Elle prend conscience que le bonheur de Katja s'est aussi construit sur son malheur à elle. Si Ben ne l'avait pas quittée, Katja ne se serait pas désespérément efforcée de jouer les entremetteuses et n'aurait peut-être jamais rencontré Andy.

Clara ébauche un sourire dans l'obscurité. Elle continue à se creuser la tête : comment Sven peut-il bien connaître le petit surnom amoureux que lui donnait Ben ? Elle revisite en esprit son appartement et l'atelier ; aurait-il pu y trouver un petit mot, une lettre ou encore une pochette de CD pendant qu'elle dormait ou qu'elle avait un instant d'inattention ?

À moins qu'il n'ait exploré son téléphone pour savoir si elle était du genre à papillonner et s'il pouvait lui faire confiance. Possible qu'il ait lu un texto destiné à Ben dans l'historique de son téléphone.

Pourtant son intuition lui dit que Sven ne ferait pas une chose pareille. D'ailleurs, s'il l'avait fait, il se serait sans doute bien gardé de s'ouvrir à elle. Mais au cas où il aurait tout de même lu un message destiné à Ben, il faudrait alors qu'elle se confie totalement à lui et le plus vite possible. Clara en ressent subitement le besoin impérieux.

Parvenue à ce stade de ses réflexions, elle se sent déjà beaucoup plus calme et se promet d'appeler Sven dès le lendemain matin. Si elle pouvait, elle lui enverrait même sur-le-champ un SMS, comme elle le fait d'habitude avec Ben quand elle veut se délester d'un poids. C'est trop bête qu'elle n'ait pas son numéro !

Mais une pensée soudaine la rend complètement euphorique. Et s'il s'était manifesté entre-temps ? Vite, rallumer son téléphone qu'elle a éteint au premier feu rouge à Altona pour bien signifier qu'elle ne voulait pas lui parler !

Elle se glisse à tâtons et sans bruit dans l'entrée pour ne pas réveiller sa mère et Reinhard. Cherche son sac dans l'obscurité, s'empare de son téléphone et va sur le balcon respirer un bon coup avant de le consulter.

Les doigts tout fébriles, elle rallume l'appareil puis attend impatiemment que l'écran s'anime enfin. Effectivement, trois appels manqués et un texto sont arrivés dans l'intervalle !

Elle consulte d'abord sa boîte vocale. Les appels sont de Sven, qui a visiblement tenté de la joindre à partir de son téléphone fixe. Mais elle est déçue de constater qu'il n'a pas laissé de message. Frustrée, elle consulte maintenant ses SMS.

Ce n'est pas possible, elle rêve ! Clara fixe son écran, incrédule. Son cœur bat la chamade.

Elle a un message de Ben...

# SVEN

– Ouf ! Ça fait du bien ! souffle Sven en rentrant chez lui après avoir couru plusieurs kilomètres au bord de l'eau.

Bien qu'il ait parcouru les derniers mètres sans forcer, sa montre connectée se met soudain à biper pendant qu'il monte chez lui. En fait, sa forme est telle que son pouls ne devrait pas dépasser les cent quarante pulsations par minute dans les escaliers, quelle que soit la vitesse à laquelle il les monte.

Il se rend compte objectivement du pouvoir que Clara exerce sur lui et sur son corps. Même si, depuis sa disparition, il se sent juste impuissant et doit se faire violence pour s'entraîner. Mais ce matin-là, pour prendre au moins un peu de distance par rapport à tout ce chaos émotionnel, il a fait exprès de ne pas prendre son iPhone. Et maintenant il se demande, de plus en plus excité à chaque marche qu'il grimpe, si Clara s'est manifestée. En même temps, il s'énerve de voir que sa séance de sport ne lui a pas libéré l'esprit.

Au moins a-t-il enfin soulagé sa conscience. Après trois appels infructueux sur le portable de Clara et sur son fixe, il a fini par lui envoyer un SMS depuis son portable. Pendant des heures il a peaufiné le texte, pesant chaque tournure dans tous les sens. Il s'est servi comme base du brouillon qu'il avait enregistré depuis des semaines. Mais le SMS devait aussi lui montrer à quel point il regrettait de ne pas l'avoir envoyé plus tôt. Car il est paralysé par la peur de ne jamais vraiment connaître ni Clara ni Mine.

Maintenant Sven n'a plus qu'à attendre une éventuelle réaction. En même temps, dans son for intérieur, il doit déjà battre en retraite pour ne plus se torturer inutilement. Cette fois-ci, son cœur ne doit pas se vider complètement de son sang !

Lorsque, après ce qui lui semble être une éternité, il arrive enfin sur son palier, il a l'impression de se mouvoir au ralenti. Il se traîne jusqu'au comptoir de la cuisine, attrape son portable et regarde l'écran.

Sven n'en croit pas ses yeux. Soudain, il pense que son cœur va définitivement s'arrêter. Il a un message !

Un message de Clara !

Il se sent libéré d'un énorme poids. Elle se manifeste. Il n'y croit pas encore vraiment, mais son visage s'illumine lorsque, les yeux brillants, il se met à lire :

**Cher confident, merci pour ton courage, ta franchise et ta patience. Que dirais-tu de fixer une date pour un prochain entretien ? Mine**

Sven compte les lettres et les espaces. Il y a cent trente-quatre signes. Clara a certainement pesé chaque mot. Il tape à son tour :

**Que dirais-tu d'une grande promenade au bord de l'Elbe – jusqu'à ce qu'il n'y ait plus de questions qui font du mal, mais seulement des réponses qui font du bien ? Sven**

Il ne faut pas plus d'une minute pour qu'une réponse arrive.

**Excellente idée. Je t'attendrai demain, à 15 heures précises (!), au port de Hambourg, à la Kehrwiederspitze.**

# Clara

En passant le pont de l'Elbe, Clara ne peut s'empêcher de penser au petit bateau de papier qui, en théorie du moins, a depuis longtemps traversé Hambourg et s'est jeté dans la mer du Nord.

C'est précisément le long de l'Elbe que Sven a proposé d'aller se promener ! Une coïncidence un peu magique, comme le fait que ce soit finalement Ben qui l'ait menée à Sven et, en quelque sorte, ramenée à la vie.

Clara n'a encore jamais parlé à quiconque de tous les messages, ou, si on veut, de ses « problèmes de communication », et elle se dit presque que personne ne la croira. Mais peu importe. La seule chose qui importe, c'est ce qu'elle croit à présent.

Et d'abord elle croit bien – là, c'est tout ce qu'il y a de terrestre – qu'elle va être en retard. Un retard qui n'est pourtant pas une petite vengeance à l'égard de Sven, mais plutôt une sorte de réparation puisqu'il se solde par un avantage stratégique pour lui. Car elle préférerait nettement attendre sereinement quelque part sur un banc au bord de l'Elbe et observer Sven en train de la chercher des yeux. Elle aimerait tellement le voir de loin attacher ce vélo dont il a déjà autant parlé que si c'était son meilleur ami. Ou le voir peut-être passer la main une dernière fois dans sa crinière bouclée. Et aussi observer son allure quand il marche. Elle ne s'en souvient plus vraiment. Depuis leur première rencontre à la gare, ils ont toujours marché l'un à côté de l'autre, et en se tenant par le bras, même, pour gagner l'appartement de Clara.

Désormais il est déjà trois heures moins cinq, impossible d'être à l'heure au lieu de rendez-vous qu'ils se sont fixé. Et bien qu'elle ait décidé de passer par le port et le centre-ville pour éviter le plus de feux rouges possible, elle n'atteint les environs du Kehrwiederspitze qu'à trois heures dix. Et il lui faut encore garer la voiture dans une place minuscule, si bien qu'elle doit s'y reprendre à trois fois. Elle ne va tout de même pas perdre la face devant Sven, si jamais il la raccompagne ensuite à sa voiture ou, qui sait, y monte avec elle...

Elle se rapproche maintenant à pas rapides de l'eau qui scintille. Le soleil brille, et ils ne sont manifestement pas les seuls à s'être donné rendez-vous au port. Sven a le privilège d'être sur son terrain et de pouvoir attendre paisiblement sur un banc. Clara tente désespérément de le repérer, sans y parvenir.

Elle vérifie une dernière fois sa tenue et se passe la langue sur les dents – pas question qu'une trace de rouge à lèvres vienne enlaidir son sourire. Elle aurait presque envie de courir à la voiture se rafraîchir l'haleine d'un coup de ce spray qu'elle conserve dans sa boîte à gants...

Au bout de dix minutes, ne voyant toujours pas de Sven à l'horizon, elle consulte son téléphone. Il a peut-être annoncé son retard. Juste au moment où elle regarde son écran, celui-ci lui signale un appel de Sven.

Heureusement qu'elle a – non sans quelques hésitations – finalement sauté le pas et remplacé le nom de « Ben » par celui de « Sven » dans son carnet d'adresses.

– Tu es où ? demande-t-elle en continuant à scruter les alentours.

– Très jolie chemise !

Voix triomphante, il savoure son avantage.

– Oh, c'est injuste... mais où es-tu ?

– Heureusement que tu as changé de chaussures. Tes escarpins d'avant-hier étaient super sexy, mais tu n'aurais pas fait cent mètres avec.

– Mais tu es où ?!

– Eh bien, j'étais à l'heure !

– Et moi pas. Désolée. Mais tu pourrais arrêter les représailles et te montrer ?

– Trois cent soixante degrés à droite, puis cent quatre-vingts à gauche.

– Ha, ha, très drôle.

– Juste un test. Pour te garer, pas terrible non plus...

– Espèce de malotru qui espionne les femmes sans défense !

– Pour mon plus grand plaisir... quand elles sont aussi ravissantes que toi.

Enfin leurs regards se croisent. Clara soupire et lui fait signe de la rejoindre. Il est juste en face de sa place de parking, qui, de là où elle est maintenant, lui paraît soudain immense.

D'un même réflexe, ils rangent tous les deux leur téléphone : il leur faut avoir les mains libres – pour une longue, très longue étreinte. Qui lui met, une fois de plus, les larmes aux yeux, cette fois de bonheur.

o | o

Après avoir beaucoup parlé et autant marché le long de l'Elbe, ils ne croisent plus maintenant que quelques promeneurs et joggeurs isolés. Sven propose de revenir lentement sur leurs pas.

- Tu as l'air d'avoir prévu une suite à la promenade, constate Clara en retrouvant enfin le sourire.

- Un peu, oui, que j'ai prévu une suite ! dit Sven à voix basse en effleurant doucement son visage d'une caresse.

- Mais il y a une chose qui m'intrigue : on n'attend pas un peu avant de donner les numéros disponibles à d'autres abonnés, maintenant ?

- Si, j'ai fait mon enquête.

- Évidemment. En bon journaliste d'investigation.

- Exactement. Mais je n'ai pas réussi à percer tout le mystère...

Perplexe, Clara l'interroge du regard.

- Eh bien, dit-il, c'est quand même un peu bizarre, parce que, normalement, les numéros sont bloqués pendant six mois après la fin du contrat, avant d'être réattribués. C'est peut-être l'erreur d'un technicien qui nous a réunis.

- En tout cas c'est un hasard heureux, non ? observe Clara en fixant l'eau pensivement.

Elle prend une longue inspiration. Et puisqu'elle a déjà révélé à Sven aujourd'hui tant de pensées secrètes, elle ose prononcer à voix haute avec un sourire innocent :

- Et qui sait ? Ce n'était peut-être pas un hasard.

pca cmb
édition pré-presse
livres numériques

44400 Rezé

Imprimé en France par
CPI Brodard & Taupin
en janvier 2022

Dépôt légal : février 2022
N° d'impression : 3046576
ISBN : 978-2-7499-4729-7
LAF : 3107